喂，穿裙子的！

張友漁◎文
朵兒普拉司◎圖

推薦序 一本有氣的書

——讀張友漁《喂，穿裙子的！》

很久沒看一本書看得這麼有氣。

倒不是難看，相反的，其實是很好看的，我看得太投入了，隨著情節和主角張亮君的情緒起伏，不禁激動起來。

亮君，十四歲，是家中的老二，她和姊姊從一出生，就被她爸爸叫作「穿裙子的」。這個稱呼，亮君覺得它隱含著一點「惡意和輕鄙」；從小，由於父親對女性的歧視態度，不但造成了親子關係的疏離，也刺激著亮君，讓她像一隻敏感的小刺蝟，在邁向成熟女人的過程中，無時不感受到身為女性所遭受到的不公和壓抑。

在家裡，她看到父親始終怨嘆沒有兒子繼承祖業，於是四十三歲的母親必須冒險高齡懷孕……；在學校裡，她看到胸部尺寸和外貌成為最無聊的青春話題、對性別錯亂的同學感到同情、對不夠寬容的社會壓力感到憤怒，同時也對性窺視和性侵害危機感到恐懼而無助……；在內心深處，她渴望像姊姊一樣坦然面對自己的裸體、她徘徊於對同性的曚矓愛意和對異性的好奇欣賞之間，也不太敢承認自己對於父愛的渴求……

這些情節，就像一把鋒利的刀子，劃開了許多女性共同擁有的記憶，讓人讀來有種淋漓痛快的共鳴。身為同樣是「穿裙子的」，我必須承認，這些記憶其實是帶著傷痛和情緒的，甚至讀到最後會忍不住有些許熱淚盈眶——雖然我也不敢確定，這是因為濫情還是悲憫？是為了書中人物，還是現實中有著同樣處境的妳我女性？唯一可以肯定的是，全書騷動著一股「氣」。該怎麼形容這股氣呢？或許可以藉用作者說的，是那種很嗆、不用力咳出來會害人窒息的烏煙瘴氣。

有時候，我忍不住會思索，為什麼女性在談到女性議題時，總會有這麼多的氣呢？是因為過多的委屈，還是過多的在乎？而男人為什麼會說，女性主義就是教女人變成刺蝟的主義？是欠缺尊重，還是欠缺了解呢？

由於全書是從女性的視角出發，作者對於書中幾位女性心理的著墨，明顯地多過對男性的刻畫，不論是敏感易怒的亮君、自信果決的亮家、軟弱保守的母親、前衛活潑的林阿姨，都有生動的形象。但說起來很弔詭，書中形象最鮮明的，卻仍然是那位刻板又權威的爸爸。似乎，潛意識裡，作者仍然將鎂光燈聚焦於這位主宰著一家人生活的男性身上。

而最讓我感觸良深的情節，則是爸爸偷偷送給亮君一盆桂花，又死不肯承認的那段。這段情節讓我們寫實的看到傳統台灣男性的形象，及對兩性相處的無能。

如果說，作者在這裡寫出了男性在兩性關係中的無能，同樣的，她也反省出女性在兩性關係中的執著。當亮君最後領悟到，對父親的怨恨，是來自於她太過在乎父親的看法時，她終於能認清，自己其實並不需要承擔父親希望落空的挫敗感，於是她也就逐漸走出父親的陰影了。因為不再執著，最後我們反而看到她能夠自在的和男性交往。

這樣的結局還真是一種美好的「洩」氣啊，不是嗎？

文學工作者 周惠玲

序

女生停止進化很久了

什麼是女性主義呢？我曾經這樣問爸爸。

女性主義就是教女人如何走出廚房以及如何變成刺蝟的主義。

能走出廚房真是一件好事，能變成刺蝟是另一件好事。

女人無論如何都不可能變成刺蝟的，

因為這個地球上的動物已經停止進化很久了。

據說以前長頸鹿的脖子和馬的一樣長，

為了能吃到更高的樹葉，就漸漸的長長了脖子；

有些蝴蝶為了避免被攻擊，

就在蝶翼上長出一對大眼睛，好嚇跑牠的敵人；

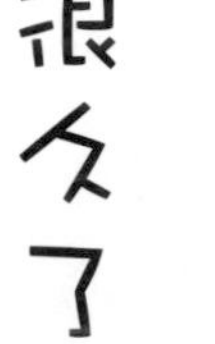

為什麼女生經歷這幾千年的性別弱勢，
身體的構造不會進化成一個跑得很快、力氣很大、
一拳就能夠把那些輕薄男子打倒在地的新女性，
好讓自己可以在整個大環境裡取得優勢？
或者也像青蛙那樣，憑著自由意志分泌一種毒液，
讓那些變態男子在摸了女生之後，立即毒發身亡；
或者女生可以在危機發生的瞬間，變成黑色、咖啡色、
其他亂七八糟恐怖的顏色，讓色狼看了害怕而逃走；
又或者吐出來的口水接觸空氣之後，會變成硫酸……
唉！女生停止進化很久了。

張亮君

自序

永遠愛自己多一點點

我，是一個女生，但是並非所有的女生都長得美美甜甜、姿勢優雅、適合穿裙子的。我走路外八、坐下就翹二郎腿，粗粗魯魯的外型，加上有點大的臀部和有點粗的腿，一看就是那種「醫美診所」會喜歡有很大雕塑空間外型的人。

可惜這些診所是賺不到我一毛錢的，不完美正是我讓自己快樂的最厲害的武器。當我不再去計較小腿有多粗、不再擔心走路的姿態粗魯得不像一個女生、不再煩惱什麼樣的髮型最能吸引人……我忽然能專心的做其他比改變身材更重要、更有意義的事。

我不喜歡當女生，因為真是很麻煩，出門旅行還得算算日子，最好不要和「好朋友」撞期；而隻身去旅行，要冒很大的風險，倒楣的話就回不了台灣了。

整個世界看來似乎已經處於文明的狀態，但是科技化是否就等於文明呢？我對文明的定義是，當所有的人和動物都被公平對待的時候，就是真正文明的社會了。

所有的人和動物已經被友善的對待了嗎？並沒有。

當我們無法讓所處的環境變得更文明，就只好讓自己的內心處於文明的狀態，那就是──永遠的善待自己。

我是在當了幾十年女生之後才開竅的。開竅就是突然想通了一件困擾自己好多年的事情。開竅，並不容易，不是一覺醒來或是被磚頭砸了一下腦袋，就能開竅，而是要經歷好多好多事、閱讀好多好多書之後，才會真正開竅。也有人一輩子都沒有開竅呢！

然而，是否就真的非得等經過許多事或者長大之後才能開竅呢？如果我們能在更年輕的時候從別人的生活經驗裡慢慢的調整自己，是不是就能早幾年開竅？可以提早過幾年快樂女生的日子？

十年後……

十年過去了，很高興這本書能重新再版，讓我有機會重新修訂書裡的文字，以及寫一篇新序。

這十年我的觀念與堅持是否改變了呢？

十年的變化真大呀！我的眼老花了，我的頭髮白了，眼睛下垂了，皺紋四處橫行了，眉毛稀疏了，臉上長出一顆黑斑，牙齒掉了好幾顆，開始有人叫我阿姨……

現在坊間四處林立的醫美診所，依然賺不到我半毛錢，我絕不染髮、不紋眉、不雷射、不拉皮、不抽脂、不打玻尿酸……

歲月要我變成這樣子，我就是這個樣子。

作為一個女人，我舒舒服服的活到了這個年紀，依然把大部分的錢拿去買書、去旅行，每一分錢都用在充實自己的內在，所以，我踏踏實實的度過每一天。和十年前的我一個樣。

當我們身體虛弱，醫生就會希望我們多補充營養多運動，讓身體強健起來，增強免疫力。在人生的旅途上，我們也會有很多虛弱的時候，請永遠多愛自己一點點，多閱讀、多學習、多去旅行，充實自己的內在，豐富自己的視野，有了智慧，你就有勇氣面對每一個虛弱時刻，以及解決每一件挫折。

永遠愛自己多一點點，你會多一點點的幸福。

張友漁

目錄

妳知道的，
這個世界的空氣
並不那麼清新怡人。
以人類對待動物，
以及存在人與人之間的階級對立，
總有許多不公不義的事，
幻化成汙濁的空氣進入我們的胸腔。

如果妳覺得很嗆，
妳一定要用力的咳，一直咳，
直到將那團堵在胸口的烏煙瘴氣咳出來為止，
要不然，妳可能會窒息而死。

關於女生的二、三事

在我知道我是女生，已經是我降臨到這個世界六、七年後的事。那六、七年只顧著喝奶、流鼻涕、感冒、哭泣和吵鬧的日子，是無性別期、是記憶的空窗期。也許那時候我就已經開始背負身為女生的沉重了，只是我什麼也不記得。為什麼人無法記憶五歲以前的生活？我想是因為記憶體就像芭樂一樣，芭樂要成熟了才能吃，記憶體同樣也要成熟了才能裝得下記憶。總之，不管我喜不喜歡當女生，我就已經是女生了。

今天中午，我無意間翻閱字典，看見字典解釋「女」這個字：陰性的人類。這是哪門子的解釋？什麼是陰性的人？我再翻閱陰字。陰，陽光照不到的地方、不晴不雨的天氣；柔性的、幽暗的、女的、雌的、死人，都概稱「陰」。什麼嘛！乍看這些字眼，好像當頭給人罵了一句：「妳是隻卑鄙的蟑螂。」嗆死人了，這字典是誰編的啊！

我告訴孟儒，字典上說我們是陰性的人類。孟儒是我最要好的朋友。

「什麼？陰性的人類？這是什麼？」孟儒一頭霧水。我翻字典給她看。

「妳說，我們要不要去抗議一下，要求立法修改這樣的解釋。」

「啊！這太嚴重了吧！」孟儒覺得沒有必要。「那只是一個解釋的名詞而已嘛！」

「只是一個名詞而已！天啊！這樣的解釋名詞嚴重侵害女生的權益，難道有人說妳是一隻活在水溝裡的蟑螂，妳都不生氣？」

「它又沒有這樣說。」

「它的意思就是這樣。」

「妳有點強詞奪理又小題大作耶！」

「我才沒有。」

孟儒是個迷糊的傢伙，對很多事的反應很冷淡，都覺得無所謂。和她討論這件事，就像笨蛋在丟水飄兒，一個彈跳也沒有，石頭便沉沉的墜入水底。也許姊姊亮家會有她獨特的意見。姊姊放學回到家，書包都還沒放下，我就馬上跟她報告這個大發現。媽媽也聽到了。

「妳也太小題大作了吧！」媽媽一臉的不以為然。

「這件事只要找編字典的出版社抗議就行了，不需要到立法院吧！立法院的案子審都審不完了，誰理妳喔！」姊姊說。

這件事就這樣不了了之。但是，我心裡還是覺得很嗆！我一定要找機會寫一封信到出版社抗議，否則一定會嗆得無法長大成人。

我是女生，但是我的衣櫥裡除了學生裙，沒有其他的裙子。我不喜歡穿裙子，一旦穿上裙子就失去了自由，穿裙子既不能跑、不能跳、不能蹲，也不能坐機車，更糟的是要時時刻刻裝淑女，還得嚴防被突來的風掀起來當眾洩露春光出糗，穿裙子就好像穿一件紙做的衣服，毫無安全感可言。我實在搞不懂，到底誰發明了裙子？誰決定這裙子就是要給女生穿？當然，也有許多女生穿起裙子來，一派窈窕淑女、婀娜多姿的模樣，像一件移動的藝術品，好看得不得了，所以才有「裙子是女性的語言」這樣的形容詞出來。不過，也不是每個女生都喜歡穿裙子，或適合穿裙子。

我不喜歡穿裙子，不全然是因為老爸那句流傳千古的口頭禪：「喂，穿裙子的！」我猜爸爸一定是世界上最幽默的人，他發明了這句稱呼女生的新名詞。這和我們叫一個人「喂，豬頭！」是不一樣的。這句稱呼裡隱含著一點點的惡意和輕鄙，老爸得罪了全世界的女生而不自知。我不知道他從什麼時候開始愛上這句口頭禪，只知道他已經說了不只十四年了。我出生的第一天，他就站在育嬰室的玻璃窗前，用極無奈的口吻對同樣當父親的身旁那個陌生的男人說：「你看，那個穿裙子的是我的孩子。」我還是個小娃兒又隔著玻璃窗，怎麼聽得見？我沒親耳聽見，這是我長大以後，爸爸用說笑話的方式說給我們聽的。

老爸接連生下兩個女兒，被辦公室的同事私下取笑了好久。生女兒或許一點也不好笑，但是對一個每天把帶點嘲笑意味的「穿裙子的」的口頭禪掛在嘴上的男人而言，就真的有點可笑了。

自從姊姊上了高中後，爸爸就戒掉「喂，穿裙子的！」這句口頭禪，這也不過是兩年前的事。那次是因為叛逆的姊姊發飆，叫爸爸不要再穿裙子長、穿裙子短的叫個不停，有這樣的爸爸讓她覺得很丟臉！爸爸氣得接不上話，轉身揮手甩掉桌上一個價值一萬五千元的傳真機。我們和老爸的親子關係並沒有因為他戒掉「穿裙子的」口頭禪而變得比較親密。疏離猶在，只是恨意減少了。

女生並不是非得穿裙子不可的，就像女生並不一定都得穿內衣。

當同學們都已經峰峰挺立，我的依然不動聲色，本來並不以為意，還挺喜歡它小小的，不會讓我覺得太難堪。可是當班上男同學意有所指的嘲笑我的胸部像兩顆忘了加發粉的饅頭後，我開始感到厭惡與憤怒。關於胸部的發育，可一點也不像穿衣服，能夠隨時換下妳不再喜歡的樣式，也不能像吹氣球一樣的把「它」吹到一種標準的尺寸，對於「它」我無能為力。而對於自己全然無能為力的事，我拒絕接受嘲笑。

我告訴媽媽同學嘲笑我胸部的事，媽媽覺得我應該給專業的內衣售貨員鑑定一下，再決定是不是要繼續穿運動型內衣。那件運動型內衣還是亮家穿舊不要的。

禮拜六的中午，我和媽媽到百貨公司買內衣。百貨公司的內衣專櫃，乍看之下，我還以為自己走進一家顏料專賣店呢！各種顏色的內衣在明亮燈光的照射下更顯亮麗，每一件內衣都在等待一對合適的乳房。擺著各種名牌內衣的賣場，沒什麼顧客，以至於我們變成了售貨員的焦點，她們的目光迎著我們，順便打量我們的胸部，猜測我們穿幾號內衣。我感覺到自己的耳根發熱，漸漸延燒到臉頰，最後整張臉紅燙起來。這是我第一次買內衣，覺得很難為情。

我們走到蕾黛絲專櫃前，年輕的售貨員親切的過來招呼。她一眼就看出我是第一次買內衣，她拿了幾件少女型的內衣把我領到試衣間，將內衣遞給我：

「需不需要我進去幫妳穿？」

「不用了，我自己會穿。」又不是穿盔甲需要別人幫忙。

媽媽立刻接口，用一種命令的口氣要我接受專櫃小姐的指導：「妳必須要有正確的穿內衣方式。」

「我不要，我自己會穿。」我有點生氣，媽媽不知道我已經十四歲了嗎？

「沒關係，我口頭教妳怎麼穿也是一樣。」專櫃小姐看氣氛有點僵，忙著化解。

我和專櫃小姐擠在小小的試衣間裡。「妳將身體稍微往前傾，然後用手，像這樣，」專櫃小姐做出模擬動作，她將腋下的脂肪往前撥，撥完左邊再撥右邊。「這樣內衣就可以將整個乳房托住。」

嚇！這就是穿內衣的正確方式嗎？乳房會不會對腋下的那些肉說：「走

開，你這個濫竽充數的冒牌貨！」

真是氣得嗆死人！我一共試穿了六件，沒有一件合適。我並沒有按照專櫃小姐教的方式穿，我覺得那樣違反自然。最後，她拿來一件有著很厚的海綿襯墊的內衣給我。穿下去後，我覺得很假、很不自然，很像公園裡做作的假山假水，我脫下來還給專櫃小姐，發誓絕對不穿這類偽裝的內衣，昨天還是一片平原，今天立即長出兩座小山丘，我不被人笑死才怪。

花了一整個下午，勉強買了兩件穿起來沒那麼不舒服的內衣。

回家途中，我看著來來往往的各種女人的胸部，開始覺得呼吸困難。如來佛計誘孫悟空戴上緊箍咒，到底是誰在女人的胸前套上緊箍咒的呢？

小阿姨年前賣起直銷的束褲、束腰和調整型內衣，據說，穿了調整型的內衣，可以讓胸部更有形，而且防止下垂。媽媽以捧場的心情買了幾件，穿了幾次，就被壓迫得大呼受不了。所謂調整型內衣，就是讓那些胸部下垂、圓盤形胸部的女生，調整出一對豐盈的胸部。如果真的那麼神奇，電視上就不會出現什麼豐乳丸的藥品廣告，胸部整型醫師也可以轉行了。

拿女人得穿內衣這件事來說，證明了人類的愚蠢，常常作繭自縛、自我虐待。想想，好端端的必須穿一件即使再合身也會感到束縛的內衣，這不是自我虐待是什麼？但是，如果妳不加入這個愚蠢的陣容，就會有一千萬隻眼睛盯著妳的胸部看，當有一千萬隻的眼睛盯著妳看的時候，妳可能連怎麼走路都會忘記。媽媽和姊姊通常一回到家，第一件事就是脫下那帶著壓力的胸罩，開始穿胸罩後我也是這樣。

咪咪遲早會下垂的，就像人老了會駝背，人死了會躺在地上，這是地心引力的自然定律。所以，是不是有必要為了最後還是會下垂的咪咪而讓自己忍受一輩子的束縛？這還真是個麻煩又無解的問題。非洲或一些南美深山部落裡的女生就沒有這個問題，她們連衣服都不用穿呢！

二十一世紀偉大的新發明

我幾乎每天都會做幾件蠢事，說一些蠢話。

我想，我的自主神經一定嚴重失調。

當我做滿一萬件蠢事的時候，我也就長大了。

所謂「蠢事」，就是讓別人嗤之以鼻，斥之無聊的事。

我每天寫日記，記下做過的所有蠢事，寫日記唯一的好處就是提醒自己別再做蠢事了。但是，我已經寫了三本日記，做了幾百件的蠢事，依然沒有在這些蠢事上面學到一點教訓，讓自己變得機靈或是聰明一點。

今天我做的蠢事之一，就是在書包裡拿衛生棉的時候，掉了一片在地上，坐在我後面的胖呆很興奮的用手指戳著我的肩膀問：「張亮君，妳的東西掉了，那是什麼啊？」

鍋爐下意識的往地上瞧了一眼後，若無其事的將視線拉回他的課本上。

我漲紅著臉，快速的彎腰撿起，糗得不得了。胖呆竟然很不識趣的繼續追問，我覺得他是故意的。難道他在家裡的浴室沒有看過這東西嗎？遇到這種明知故問的傢伙，最好的方式就是不要理他。讓別人知道自己的生理期，就好像讓別人看見自己內褲的顏色一樣，有點糗！孟儒和宜真聽見胖呆的話，走到我身邊問我掉了什麼？

「沒什麼啦！」我緊緊的捏著那片衛生棉。

「給我們看啦！」這兩個不識趣的傢伙一個哈我的癢，一個硬是扳開我的手指頭，當她們發現我手心裡的衛生棉時，三個人很有默契的笑成一團。宜真說她才真的糗大了，她在公車上往書包裡拿車票時，衛生棉就從書包裡掉出來。

我告訴姊姊亮家這件事。「妳多掉幾次，就會覺得無所謂，也不會再臉紅了。」她漫不經心的說。從姊姊的回答看來，她一定掉過很多次衛生棉。

姊姊不知道哪根筋不對，居然邀請我跟她一起洗澡。我記得小時候我們常常一起洗澡，一直到姊姊小學三年級，我幼稚園大班，姊姊就不再跟我一起洗澡，變成只幫我洗澡。

我說自己正逢生理期，那樣很難為情。姊姊說，都是女生有什麼難為情的？生理期有什麼關係？姊姊還說我對身體的觀念太保守，需要釋放這種觀念，才能成為新女性。姊姊已經高中三年級了，她懂很多的事，但是，什麼又是身體的觀念呢？姊姊也說不清楚，她說只有不執著於傳統的人，才會得到自由。

這話什麼意思？那麼深奧。

「等妳再長大一點再告訴妳，現在說了妳未必會懂。」姊姊說。

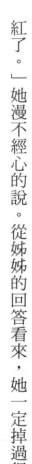

我掙扎了一下子，為了不讓自己顯得彆扭又小家子氣，我漲紅著臉走進浴室。和姊姊一起洗澡的時候，我畏畏縮縮的遮掩發育不良的胸部，眼睛不知道要往哪裡看，覺得很不自在。沒穿衣服的姊姊像夏日的烈陽，讓我睜不開眼睛，我無法像看一棵樹或一張桌子那般自然的直視她。為什麼？

「我剛開始也和妳一樣，畏畏縮縮的，但是後來就習慣了。我和同學常常到四重溪去泡溫泉，脫光光泡溫泉喔！」姊姊說。

能自在的面對別人的裸體，也要多練習吧！我紅著臉瞄了幾眼姊姊的胸部，她的胸部長得很漂亮，圓挺圓挺、豐潤豐潤的。

在完全放鬆的情況下，我和姊姊在浴室那樣的小空間裡，開始聊起很私密的話題。姊姊說我的胸部發育不良，不過也別太介意，我才十四歲，還沒有完全發育。

「妳喜歡當女生嗎？」我問姊姊。

「不知道，沒有感覺。」姊姊懶得解釋太多的時候，就會像這樣敷衍。

「怎麼會沒有感覺？妳吃一道食物不管它美味與否，舌尖都會有感覺的呀！好吃或不好吃、酸的或辣的、甜的或苦的。」

「好吧！那我不喜歡當女生。」

「為什麼？」

「妳很囉唆耶！不喜歡就不喜歡，哪還有為什麼？」

「不喜歡總會有個理由啊！」

「好吧！好吧！妳知道的，當女生很麻煩的，她不像男生那麼自由，想去旅行就去旅行，女生總有很多安全上的顧忌，這很討厭妳知道嗎？當然，女生每個月總有那件麻煩的事，我是還好，有些人每個月那個來的時候都會痛得就像生一場大病，當女生有什麼好？」姊姊用毛巾擦乾身體開始穿衣服，我的眼睛逐漸適應姊姊的身體了。

「我常常在想，現在科技那麼發達，為什麼沒有人去發明一種吸盤或其他什麼東西，將女生五天的生理期縮短為一個小時或更短的時間？姊，如果有人發明了這種吸盤，妳會不會去吸？」我和姊姊一起走出浴室。

「會吧！如果不會造成身體上的傷害，每個女生都會去吸吧！」

「對呀！我覺得自己真是天才，想出這麼棒的好點子。如果我真的發明了這種吸盤，全台灣有二千多萬人，有一千一百萬個女生，正值生理期的女生有五百萬個，如果每個月有三百萬個女生有意願縮短生理期，每個人收費五百元，不不不，應該要為女生謀福利，收三百元就好，那麼，我每個月就淨收九億元。哇，姊，到時候我就是世界首富耶！」我今天才發現自己真是個天才耶！

「神經病。」亮家居然不以為然！

我今天做的另外一件蠢事，就是終於鼓起勇氣問大阿姨一件我憋在心中很久的事。大阿姨就住在隔了三條街的巷子裡，因為近的緣故，常常到家裡找媽媽聊天。

「大阿姨，依妳看，妳覺得我的眉毛什麼時候會掉光？」

「誰說妳的眉毛會掉光？」大阿姨一臉疑惑的問。

「不是眉毛掉光的人才需要去紋眉嗎？」多年以前我看見小阿姨、大阿姨的眉毛畫上墨綠色的顏色時，我就以為所有的女孩子長大以後都會掉眉毛。難道不是這樣嗎？

一陣爆笑聲從餐桌迸射出來，媽媽、阿姨和姊姊笑得腰都挺不起來，大阿姨還笑到掉眼淚。她邊擦眼淚邊對我說：

「真是笑死我了，妳這個小笨蛋，妳是不是在洞穴裡住太久了？我的眉毛並沒有掉光，只是加深眉毛的顏色，這樣可以讓我的臉看起來很有精神，眼睛比較漂亮。懂不懂？妳看，我還有眉毛啊！」大阿姨把臉湊到我的面前，指著她的眉毛說。

我覺得尷尬，但也很開心，因為困惑我好幾年的煩惱終於消失了，我保住了自己的眉毛。發現真相真好，有一種如釋重負的美妙感覺呢！

阿姨們也需要知道真相，但是我決定不告訴她們，她們聽了一定會覺得很傷心。真相就是，我一點也不覺得阿姨們的眼睛有因為紋眉而變得比較漂亮，或看起來比較有精神。那兩道怪怪的、深藍色的眉毛看起來像兩個小妖精掛在眼睛上面，監視著她們的靈魂之窗。而且添了幾分妖氣，像極了一

○一忠狗裡的那個穿狗皮大衣的庫伊拉。聽說一旦紋了眉，一輩子都無法清除，就像男人身上的刺青一樣。你想想看，當自己很老很老的時候，有一張蒼白又衰老的臉，但是眼睛上頭卻依然掛著兩條墨綠色的眉毛，那有多恐怖啊！

媽媽懷孕了

媽媽在她四十三歲這年再度懷孕。得知媽媽懷孕的那一天，爸爸特地請假帶媽媽去算命，算命的說這胎準是個男孩，爸爸命中是有兒子的。爸爸簡直樂歪了，整個晚上都在笑。從來沒看過爸爸這麼快樂過，他打電話告訴五個姑姑和獨居在花蓮的阿嬤。阿嬤說現在懷孕最好了，冬天生孩子，坐月子吃麻油雞最享受。

「我們家的祖業終於有人繼承了。」爸爸在飯桌上欣慰的說。爸爸說的祖業，是在花蓮縣玉里鎮位於客城里和中城里之間的二甲水田，現在全租給別人耕作。爸爸從學校畢業後，一天也沒下過田，十二年前阿公去世，爸爸就正式的繼承了這片田地。上個月租地的農民告訴阿嬤，這期稻作收成後就不再續租了，台灣加入 WTO 以後，廉價的稻米開放進口，本地的米價已經受到影響，辛苦耕作卻沒錢賺。

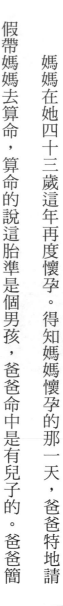

看爸爸這麼開心，我不想潑爸爸冷水，寶寶要生出後才能真正確定性別，有人照超音波說是兒子，生出來卻是女兒，算命這東西又不會比超音波準確。

「為什麼女兒不能繼承祖業？」姊姊帶著挑釁的語氣問。

「女兒遲早要嫁人，我們的祖產怎麼可以落入外人手裡？」爸爸說。

「如果我不嫁呢？可以繼承嗎？」姊姊帶著敵意的目光逼視爸爸。她老是愛頂嘴惹爸爸生氣，這對家庭的和諧一點幫助也沒有。

「如果妳不嫁，怎麼傳遞香火？」

「我招贅好了，這樣可以嗎？」亮家的態度傲慢到極點。

我不曉得有哪個男生會為了那幾塊沒有什麼價值的田地而入贅？

爸爸臉色難看的扒了幾口飯，不再理會姊姊。姊姊也沒有再追問，一家四口配著僵冷的氣氛下飯，食不知味。爸爸吃飽飯到客廳不知給哪個姑姑打電話。

「媽，妳為什麼還要生？萬一又生個女兒呢？」姊姊小聲的問媽媽。

「是啊！媽，妳好奇怪喔！」我有預感媽媽會再生個女兒。

「妳不會懂的，即使我有一百個不願意，面對妳爸爸的期待，我真的沒有勇氣說不，因為，這個婚姻還要繼續……」媽媽說。

婚姻怎麼會這般無奈，得用生孩子來維繫？「媽，妳有沒有想過，萬一又生了個穿裙子的呢？」我替媽媽緊張起來，同時也希望媽媽不要生了，這麼老了還懷孕，有點好笑。

「如果真的又生個女兒，我也認了。」媽媽無奈的說。

「我們現在只好每天去燒香拜佛，希望妳懷的是個弟弟。當初生亮君的時候，就應該替她取名為招弟，這樣也許還可以招來一個弟弟。」姊姊嘲諷的說。

「妳才應該叫迎弟呢！」我不甘示弱。還好，我不是真的生在招弟、迎弟那個時代，那些叫招弟、迎弟、罔市的人真可憐，一輩子背著別人的期待所留下來的印痕。宜真的阿嬤叫作周驚，據說是出生時，做父親的看見生出來的又是女兒，受到很大的驚嚇，所以才取名叫驚。噢！笑翻一缸子人。

我是真的想不透，這個世界上不是男生就是女生，這些大男人真的希望街上走的清一色都是男人嗎？還是他們希望自己生的都是兒子，女兒讓別人生就好了？這是什麼心態？現在又不是農業社會，渴望多生幾個兒子幫助農事，現在連鄉鎮都已經城市化了，還這麼重男輕女，生那麼多兒子幹什麼？生來分財產的嗎？「養老要防兒」，這句話就是因為社會上出現太多養老金被兒子拐走騙走搶走的例子才發明出來的。這麼多悲慘的例子還不當借鏡，真不懂這些人是怎麼想的？一定要被騙得一毛不剩，然後投靠一毛也沒分到的女兒時，才後悔自己當初有多愚蠢！

「這是什麼時代了，二十一世紀了耶，老爸是這個世界上唯一堅持繼承傳統父權社會大男人主義的人，也是唯一得到遺傳祕笈的父親，而我們卻是他的女兒，這就好像是從二千萬張明信片中抽出兩張的機率，亮君，我們兩個可真是幸運。我現在終於懂了，為什麼每次摸彩都很背，那是因為，我已經中了這輩子最大的一個獎了。」亮家冷酷又尖酸的說著。

「妳們怎麼可以這樣說爸爸！」媽媽用嚴厲的口吻制止我們繼續這樣的話題。

「媽，如果爸不一天到晚把穿裙子的掛在嘴上說，他即使生了一打的女兒也沒人會笑他的。這多好笑啊！一天到晚叫人家穿裙子的，結果生了兩個穿裙子的。」亮家一臉憤怒的說：「媽，如果妳這胎又生個穿裙子的，妳要怎麼辦？爸會怎麼看妳？」亮家繼續說。

我轉頭看看客廳，擔心爸爸聽到亮家的話，還好，爸爸表情專注的聽電視、看報紙。爸爸雖然沒把我們捧在手心疼愛，但是，說老實話，他當一個父親，也算不錯了啦！不抽菸、不喝酒、每天規矩的上班下班，還天天回家吃晚飯。除了嘮叨了點，也還不是個動輒打人的暴力丈夫。

媽媽沉默下來，悶著頭吃飯。這是媽媽一直閃躲不去面對的問題，今年都已經四十三歲了，如果再生個女兒，她真的不知道該如何是好了。媽媽是這個家裡最沒主見的女人，連兩個女兒都比她有主見。媽媽很少說出自己的想法，不知道她是沒有想法，還是沒有機會說出她的想法？也許是我們沒有問，她自然就不說了。我們不了解她，她也不了解我們。爸爸能娶到媽媽這樣一個柔順、不懂得吵架的女人，也算是一種福氣吧！我們的鄰居，一天到晚扯著喉嚨開罵，難聽的三字經、一字經、五字經不定期的從他們家房子的所有縫隙倉皇又狼狽的鑽出來，整個社區都知道，那個楊太太又亂花錢了，楊先生半夜三更才回來。

以前我一直以為，每個爸爸都是家庭裡的指揮官，只要下命令及交代媽媽和孩子做這做那，這事最好用這樣的方式完成，那件煩人的事自己處理就好，不要再煩他了；該去做飯了、餵魚了沒有？錄影機壞了那麼久，妳到底什麼時候才叫人來修？明天要去三叔公家的禮物準備好了沒有？不要在客廳放屁！當然也包括要媽媽再生個孩子。媽媽對於爸爸向來是言聽計從的，好像爸爸是將軍，而媽媽是他旁邊的侍衛似的。事實上爸爸不是將軍，他只是區公所的一個小課員，媽媽也不是任何人的屬下，她是一個有十幾年家庭主婦經驗的女子，姑姑總是說媽媽命好，嫁給爸爸後就不用再工作了。

如果爸爸真的是這個世界上唯一繼承傳統父權社會大男人主義、也是唯一得到遺傳祕笈的父親，那媽媽就是這個世界上碩果僅存的得到老祖母觀念真傳的舊時代女性。

以後我如果結婚了，除非我自己喜歡孩子，否則沒有人可以叫我一直生，一直生，直到生出一個男孩為止。那樣跟母豬有什麼不一樣。還好，媽媽的時代已經過去很久了，現在我可以為自己作主，絕對不要嫁給一個不讓我工作的丈夫，而且我希望自己會是家裡的指揮官。要不，最好的結果就是，我不要結婚，這樣就可以永遠做自己的指揮官了。

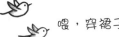

「姊，依妳看，大男人和舊女人會在哪個年代完全絕跡？」熄燈以後，

我躺在床上問姊姊。

「大男人和蟑螂一樣多，永遠也不會絕跡。」亮家說完翻了個身。

「是嗎？真的不會絕跡嗎？怎麼可能？根據物種滅絕速率，一千萬種物種中，每年有二萬七千種，每天有七十四種，每小時就有三種在地球上消失，以這樣的速度，有一天一定會輪到大男人的，是不是？姊，妳有沒有聽到，姊——」亮家不知是真的睡著了還是懶得理我。總之，我覺得這兩種人類一定會絕跡的，在世界末日來臨的時候。那時候，我也絕跡了。

忽然有個很壞的念頭輕輕的掠過我的腦海，我希望媽媽再生個妹妹，然後我要看看爸爸的表情。我真是有點卑鄙。這只是一閃而過的念頭而已，我還是希望媽媽這胎能生個弟弟，這樣她至少會活得快樂一點。

小時候看過一本書名為《強盜的女兒》的童話故事，看完後從此愛上書裡的馬特爸爸。每天都在幻想我如果也有一個馬特爸爸那該多好啊！馬特爸爸雖然是強盜，但是當他終於有了一個女兒時，他繞著大廳跑，興奮的跳得半天高，瘋子似的大喊：「我有孩子了！你們聽見了嗎？我有孩子了！」馬特爸爸把小女兒抱在懷裡，欣賞她清澈的眼睛、小巧的嘴巴、毛茸茸的黑髮、無助的小手，內心湧起的父愛讓他發抖。他對她說：「妳啊！小寶貝兒，妳已經把我這強盜的心捏在小手裡了，我真不懂，可是就是這樣。」當別的強盜想要抱抱他的女兒時，馬特爸爸就把她像一枚金蛋似的交到別人的懷裡。

我真是愛死那個馬特爸爸了，每天晚上睡前，我都會許願，給我一個馬特爸爸！我渴望像一枚金蛋小心翼翼的被捧在手心裡。

我記得很小的時候，有一次我躺在客廳的椅子上睡著了，迷迷糊糊、隱隱約約中，我感覺到爸爸輕輕抱著我回到房間，把我放在床上，替我蓋上被子。那種躺在爸爸懷裡的幸福感覺，讓我在往後的日子，一次又一次的在椅子上裝睡，深深期待爸爸再一次的把我抱到床上。但是，爸爸後來每一次都把我搖醒，要我自己回房去睡。

漸漸長大後才徹底明白，即使我很誠心的祈禱、在公車上讓坐、在路上拾金不昧、救了跌到茶杯裡的螞蟻一命，也沒有誰會為了答謝我而變成神仙，然後送我一個馬特爸爸。也許他們真的很想送我一個馬特爸爸，卻在中途折返，因為他們發現我已經有一個爸爸了。

如果有一個爸爸交換中心……這樣也不成，誰願意拿自己的馬特爸爸來交換啊！二手CD交換中心交換的不都是一些不想聽的或是已經聽倦了的舊CD，會拿出來交換的爸爸一定也都是瑕疵品。

大胖妹的啟示

已經二月冬末了，街上還有人穿著短衣短褲走來走去。有時候真的挺討厭高雄的冬天，覺得自己真倒楣住在一個不下雪的城市，不下雪也就算了，居然一點也沒有冬天的氣氛，每一個冬天幾乎都是暖冬。大阿姨送我一件暗紅色的人造羊毛外套，到現在一次也沒穿過。高雄根本就沒有四季，春天就像夏天的早晨，夏天就真的是夏天，秋天是夏天的傍晚，冬天則是夏天的冷氣房。

冬天唯一的樂趣就是木棉花開了。那些看起來拙拙的、很不秀氣的、從樹上掉下來還會發出「咚！」的鈍重聲音的花，開滿了住家附近的公園，遠遠望去，橘紅、橘黃的花匯聚出一種喜氣洋洋的氣氛。我叫這種花為「大胖妹」。大胖妹看起來拙拙鈍鈍的，寬寬厚厚的花瓣，讓它看起來好像舉重選手。

每天上下學一定會打從木棉樹下經過，昨天放學走過那滿地落花時，不經意的、一點也不懂憐香惜玉的狠狠的將一朵橘紅的大胖妹踢得老遠。忽然看見自己的殘忍，於是走過去撿起那朵滾得老遠比拳頭還大的花，一直捧在手裡，彷彿這樣做可以彌補我剛剛的粗暴。落花何辜啊！離了枝頭，卻又慘遭如此凌虐，如果它也有淚，想必也淚溼花瓣了吧！回到家，把花放在案頭，不時的用充滿憐愛的眼神瞧它一眼。想著在夜半人靜的時候，大黃花會像童話世界裡的情節，化身為一位美麗的許願仙子站在床頭……

睡夢中，我被房間裡某種東西移動的聲音驚醒，迷迷糊糊的張開矇矓的眼。

天啊！我嚇得從床上摔下來，跌坐在地上，本能的鑽進掛滿蜘蛛網的床底下，一隻蟑螂也嚇得沒有方向感的到處逃竄，還爬過我撐在地板上的手掌。一個穿著一襲粉紅絲質長衫古裝裝扮的胖女子站在床前，她的臉頰上有一片彷彿被誰狠狠揍了一拳的瘀青。

「妳……是……誰？」我問。

「我是許願仙子。妳要許什麼願望？」胖許願仙子冷冷的說。我很懷疑她是許願仙子，如果她真的是，為什麼不許願讓自己瘦下來？

「快說啊！妳要許什麼願？我還有很多家要跑呢！」胖許願仙子摸著臉頰上的瘀青皺著眉頭說。「要不是妳揍了我一拳，我還不來呢！」

「我的腿實在太粗了，我希望有一雙苗條的雙腿。」我紅著臉說。猜想這可能是許願仙子聽過最爆笑的願望。果然，胖許願仙子大笑起來，笑到彎了腰，全身顫抖不已。

「我會達成妳的願望的。妳知道的，我是願望相反仙子，我會讓妳如願的。哈哈哈……」

我心頭一驚，糟了！怎麼沒有提防她是願望相反仙子，那我剛剛的願望不就……我低頭看自己的雙腿，天啊！我的胖胖腿比原來的粗了三倍……該死的木棉花……我懊惱透了，好端端的許什麼願，現在別人會怎麼嘲笑我的腿……

有一些笑聲鑽進耳朵裡，我睜開眼睛，看見亮家看著窗外在笑，見我醒來，便說：「剛剛有隻貓在圍牆上跌倒，貓也會跌倒耶！」

夢醒了，討厭的夢，超討厭的夢，真嗆死人了。貓跌倒了？噢，天啊！

放學途中，我和孟儒、宜真在等紅燈的時候，看見一個穿淡藍色窄裙套裝騎機車的女生在等紅燈，她兩個膝蓋努力的併攏，右腳高跟鞋的鞋尖輕輕的抵著地面，那雙美麗、修長的腿真教人羨慕。穿窄裙騎機車是一門獨特的功夫，妳必須在上路前先運功，練習把全身的力氣送到腳尖，藉以穩住身體和機車，要不然鞋尖抵住地面的力道不夠，有個人從身邊騎過所帶來的氣流都會讓人翻倒在地。女騎士乘機拉拉有點上縮的窄裙，綠燈一亮，她縮起右腳，猛加油門往前衝去。雖然這女子功夫了得，卻讓我有一種快要窒息的束縛感。

「這個季節穿窄裙很冷耶！」孟儒說。

「像我這麼笨拙又粗魯的女生，穿窄裙騎機車，一定會在等紅燈的時候從機車上摔下來。」我說。

「亮君的臉蛋是長得不錯啦！但是腿太粗了不適合穿窄裙。」宜真說。

我狠狠的瞪了宜真一眼。哪壺不開提哪壺！最討厭別人提到我的腿了。

想到昨晚的夢，我下意識的低下頭來看自己的腿，雖然還穿著冬天的制服，但是藏在長褲裡的腿真的太胖了一點。我曾經很仔細的觀察，自己走路的時候，小腿肉還會輕微的左右晃動，當我穿著裙子走在路上，都會懷疑走在自己後面的人正在欣賞我肉顫顫的粗粗腿，然後我就開始用一種怪怪的、不對勁的姿勢走路。尤其是當鍋爐嘲笑我：「喂，妳後面有一大群兔子耶！」我希望這輩子就這樣黏在椅子上算了。

媽媽說我的粗粗腿是遺傳外婆的，真是太不公平了，有人遺傳了最好的部分，最糟的就留給我。姊姊說，腿粗有什麼關係，總比臉上有雀斑好太多了。亮家身材高䠷，肩膀寬闊，還有一雙修長勻稱的腿，雖然兩邊的臉頰分布了大小不等的二十七顆雀斑，我寧願臉上有雀斑也不要粗粗腿。大家都覺得雀斑姑娘很可愛，卻沒有人覺得粗粗腿很有美感。

遺傳到底是怎麼回事？有一次我在浴室裡照鏡子，很驚訝的發現，自己怎麼長得這麼像爸爸！大鼻子、菱形的臉，大眼睛卻微微彎垂的眼角，當我像爸爸那麼老的時候，眼角就會下垂得更厲害，一副永遠睡眠不足的樣子。這些特徵證明了我千真萬確是爸爸的女兒。但是，基於什麼理由我必須隔代遺傳外婆的粗粗腿？

綠燈一亮，我拔腿就跑，把孟儒和宜真遠遠的拋在身後，衝到對街才停下來。

「我每次跟妳過馬路就緊張得半死。」宜真瞪著我說。「妳一定要這樣跑嗎？」

「是啊！妳一定要這樣跑嗎？很好笑耶！」孟儒開始笑了起來。

「我有過馬路恐懼症，因為我曾經親眼看見一個走在斑馬線上的婦人，被一位闖黃燈的機車騎士撞倒在斑馬線上。」從此，我過馬路都用跑的。

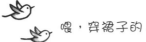

「妳的蘿蔔腿就是這樣跑出來的。」宜真消遣我。

「才不是。」我追著她打，非把她打扁不可。

再度經過木棉樹下，我抬頭看了樹上的大胖妹，不知道它可曾羨慕過小花的嬌柔與秀氣呢？大胖妹沉默的掛在樹枝上隨著微風輕輕擺動，好像在搖搖頭，看來它一點也不羨慕嬌柔的小花。如果全世界的女生身材都一個樣，誰還會想到要減肥呢！

經過社區巷子底那家老雜貨店的時候，我進去買了一斤的粗鹽。老板娘是個七、八十歲的老婆婆，她問我買粗鹽做什麼？我說媽媽要用來炒花生米。我看過阿嬤用粗鹽炒花生米，但是我們家一粒花生米也沒有，我只是覺得沒有必要對一個雜貨店老闆說實話。

我一直等大家都洗完澡了才到廚房偷了一盒保鮮膜，然後溜到浴室進行我的瘦腿大計畫。報紙曾經刊載用粗鹽按摩小腿，可以讓粗粗腿變瘦。我一定要一腳踢開跟在我後面那群討厭的兔子。

報上說從腿部下方往上用畫圈圈的方式按摩到鹽粒完全溶解，我把腳跨到牆上，抓一把鹽開始畫圈圈按摩，粗糙的鹽粒接觸到皮膚感覺刺刺痛痛的，我在小腿肚上來來回回的按摩，到底要不要先把腿打溼，報上沒講清楚，如果就這樣按摩鹽粒，到底要多久才會溶解啊！而且大小不一的鹽粒根本無法掌握，不斷的掉在磁磚上，皮膚已經泛紅並出現刮痕，抬高的腿也有點痠了，不等鹽粒完全溶解我就換腳按摩了。裸著身體讓我覺得好冷，也許應該等夏天到來的時候再進行瘦腿大計畫。

「亮君，妳在裡面幹麼？孵蛋喔！」亮家在門外喊著。

「是啦！我還要很久，妳去爸媽房間用廁所。」

我對於這樣機械式的按摩動作很快就失去耐性了，真有點懷疑這樣的方式可以讓我的腿瘦下來？我在鏡子裡看見自己抬高的腿，動作很粗魯也很不雅，有兩秒鐘我不知道自己在幹麼！兩秒鐘之後，終於清楚自己在做什麼，我正效法那個將鐵杵磨成繡花針的老太婆，實踐有志者事竟成的道理。我對著鏡子中的自己笑了起來，真是太好笑了，我這兩支鐵杵，要花多久的時間才能變成繡花針啊！

我真是個意志不堅定的人，放棄了粗鹽瘦腿大計畫，也許會有別的簡單又快速的方法，或者以後我吃少一點，總會瘦到粗粗腿的。但是，我有一點點想和粗粗腿和平相處的決心，不想再折磨它們了，習慣別人的眼光要比將鐵杵磨成繡花針來得容易多了。

桌上擺了兩天的大胖妹有點脫水，花瓣的邊緣已經開始乾枯，我再度將它捧在手心裡，覺得大胖妹其實也挺好看的，橘紅的花朵像一隻高腳杯向上散裂成五片花瓣，揉合了樸拙與高貴的氣質。木棉這一生才真正的精采，冬天來臨時，要先清場，等葉子都離開了，才願意長出花苞，然後伴隨春天的到來，盛開，讓觀賞的人讚嘆。春夏交接時，開始長出葉子，花謝了結成蒴果，盛夏蒴果成熟裂開，棉絮飄落。

大胖妹有自己精采的春夏秋冬，何必去羨慕玲瓏秀氣的小花的姿態呢？

有個女生失蹤了

剛剛彎進巷子，就看見樓下的插畫家，她也看見我了。「嗨，放學啦！」「妳在散步啊！」她常常在傍晚的時候到附近的公園散步。不管什麼時候看見她，她都穿著那件格子襯衫和卡其長褲或短褲。我猜她的衣櫥裡同樣款式的衣服一定有好幾套。有一次，她襯衫的領口已經磨破了，還是穿著出門。從來沒見她穿過裙子。這樣的穿衣哲學好像很不錯，一輩子只穿同一款式的衣服和褲子，就不用花太多的時間思考今天穿什麼、明天穿什麼，可以節省很多時間呢！我決定以後也只買一種款式的衣服和長褲，當我高中畢業，能夠永遠擺脫制服裙子的時候，我就再也不穿裙子了。

我們並排走著，有一搭沒一搭的交談，偶爾有汽車經過窄小的巷子，她會輕輕的扶著我的肩膀退到路旁讓汽車通過，和她靠得很近的時候，也不知道怎麼回事，一顆心跳得好快。

插畫家去年初剛搬來時，老爸說樓下住進一個年輕的小伙子。第二天我在樓下遇見她，就知道粗線條的老爸觀察力實在有待加強，雖然她頂著一個五分頭，穿著卡其褲和襯衫，但是那張細緻的鴨蛋臉加上清澈的大眼睛，我確定她是女生。我不知道她的名字，只知道她是畫插畫的。她真的很不一樣，舉手投足間流露著一股獨立與自信的氣質，當我和她說話的時候，她專注傾聽的神情讓人動容。

我們走上四樓，進門前她客氣的邀請我有空到她家喝茶，我點頭說好，心裡卻很懷疑當別人這樣邀約時，到底是真心的還是只是告別的一種客套話？我多站了幾秒鐘，然後我們之間就多了幾秒鐘的靜默，她沒有進一步邀請我進屋，我只好上樓了。原來只是客套話呢！藝術家的家一定布置得很雅致、很有風格。

我推開衣櫥，從衣服的樣式、布料、顏色……實在看不出有什麼個人特色，倒像酸辣湯裡混亂的材料。到底是什麼東西決定你將成為某一種風格的人？流行……好像不對，模仿……好像是這樣，因為欣賞對方的穿衣哲學及面對生活的態度，所以也想變成他那個樣子，從模仿當中做出調整、定型之後，就有了自己的風格了。

媽媽這幾天害喜得很嚴重，沒有體力做家事，陽台的植物有好幾天沒有澆水了。我在陽台的花台上，看見一個多月以前因為爛掉被我埋進土裡的金橘，長出三棵兩公分高的幼苗，稚嫩的自然界小生命讓人看了好歡喜啊！我把廚房垃圾桶裡的木瓜子也埋進土裡，想像黑色如青蛙蛋的木瓜子，在看不見的土裡，像蝌蚪長出四肢般的竄長出嫩綠的芽，緩緩的掙扎出地面。看著嫩綠的小金橘仰著頭觀賞這個世界，覺得種子不只是種子而已，它是希望。

這一天，我愛上陽台這一方小天地了。

陽台有兩坪大，幾棵觀葉植物、三棵玫瑰，還有兩盆枝葉亂竄的黃金葛，平常沒有人整理，媽媽偶爾過來澆澆水，清掃一下落葉。這些可憐的植物，成為孤兒已經很久了。我正式向全世界宣告，從現在開始，我接管了這個陽台。

我動手將陽台整理一番，把雜亂的黃金葛剪下，重新種在小花盆裡，將堆在陽台角落的破花盆和兩塊缺角磁磚丟掉，重新刷洗地板。經過我的巧手整理，整個陽台煥然一新。也許可以再增加些什麼植物，讓陽台熱鬧一些。

媽媽站在客廳，誇獎我今天真勤快，給陽台換了一個新面貌。姊姊一大早出去傍晚才回來，自然沒有發現我對陽台做了什麼。爸爸站在落地窗前看了一下陽台，沒有開口表示任何意見，只是看著。

「爸，你覺得陽台這樣擺設好不好？」我討好的問。

「妳不用考試嗎？怎麼有那麼多閒工夫弄這些花草？」爸爸面無表情的說。

我有點失望，以為可以換來一句爸爸的讚賞。我轉念一想，沒關係，這樣更好，這表示陽台是真正屬於我的，反正除了我也沒有人會喜歡它。

媽媽因為害喜的緣故，聞到油煙味兒就覺得噁心，所以連著幾個晚上都由我做菜。媽媽已經煮好飯，她教我如何把魚洗淨、抹鹽、切薑絲再淋上一些酒，放進電鍋裡蒸，鍋裡有燉好的紅燒肉，我只要再炒兩道青菜就行了。對於下廚這件事，我實在沒有多大的興趣，如果叫亮家煮菜，她就會說：「幹麼那麼累啊！你們要吃什麼？我去買便當。」她不知道爸爸最討厭吃便當嗎？想來媽媽還真的很了不起，可以在廚房裡待上十幾年。

我們在客廳配著新聞事件吃飯。這頓飯吃得真是辛苦，這幾天到底是怎麼回事，接連發生幾個女生失蹤、被殺害棄屍的新聞。上個禮拜一個高中女生在上學途中失蹤了，家人等不到她回家吃晚飯，於是到警察局報案。失蹤女生的媽媽跪在地上聲淚俱下的哭著，請求綁走她女兒的人，或者任何知道她女兒下落的善心人士幫幫她，讓她的女兒回家。看那個心碎媽媽哭成那個樣子，我也忍不住一陣鼻酸。

媽媽說，以後晚上盡量不要出門，屋子外面的世界步步驚險。

爸爸說，現在的女生交朋友都不睜眼睛，透過亂七八糟的網路交個阿里不達的男生當男朋友，等於替自己的未來埋下一顆不定時炸彈。

「在事情還沒確定之前，這樣說對那個女生不公平，她也許沒有一個阿里不達的男朋友，只是倒楣遇上色狼被綁架。」亮家不悅的說。

爸爸看了姊姊一眼，欲言又止，只好繼續吃飯、看電視。我從爸爸的眼神彷彿看見了寂寞，這時候爸爸如果有一個兒子，一定很樂意跟他分享所謂的男人觀點。爸爸會因為這樣而渴望有一個兒子嗎？就算爸爸有一個兒子了，那個兒子也許會處處跟他唱反調也說不定呢！得不到的總是最好的，爸爸沒有兒子，所以想像中的兒子一定是全世界最棒的。如果我和姊姊都是男生，當我們天黑了還沒回到家，爸媽也許就不會這麼操心，這也是擁有兒子的好處之一吧！

繼高中女生失蹤案後，又有一個女學生在家裡遭到姦殺，今天警方宣布偵破了，凶嫌竟然是她的鄰居。他發現女學生家裡沒有其他家人在，於是假藉看水管的名義，進入女學生的家裡，意圖強暴，女學生奮力抵抗並尖叫，凶嫌在氣憤又慌亂之下將女學生勒死。

我的心情還沒從這些驚悚的新聞事件中回復，接下來的新聞也真夠駭人的。台北縣三重重劃區發現一名女學生的屍體，法醫研判該名女學生已經死亡二十天以上，那個失蹤的高中女生的媽媽也出現在現場，但是驗屍的結果，並不是她的女兒。這表示又有另一個家庭的女兒回不了家。

那個高中女生已經失蹤兩個星期了，她的媽媽再度拿著放大的照片在電視上哭泣，呼籲歹徒發發善心，放她的女兒回家。這回高中女生的爸爸也紅著眼眶站在一旁，當記者要訪問他時，他已經泣不成聲，一句話也說不出來。接受報案的警察局局長在麥克風前說明偵辦陷入膠著，他們訪查了高中女生上學、放學路線沿線居民，還有她所有的交友狀況，查不到一絲線索，也沒有人注意到她曾經和誰走在一起，這個女生就像個氣泡一般的消失在空氣當中。

真夠烏煙瘴氣的！我的腦子嚴重缺氧。走到陽台，沁涼的風立即拂過臉頰，我呼出一口氣，想把嗆在胸口的那團壓力吐出。是不是身為女生，就失去了單獨行動的自由？單獨行動是否意味著與危險同行？

兩隻流浪狗一前一後的在街上走著，後面那隻土黃色的，還在爸爸的汽車輪胎上撒了一泡尿。不知道這兩隻狗為什麼流浪？被主人逐出家門？還是牠就在某個幽暗的街角誕生的，天生就是流浪狗？也許牠們只是不小心走丟了，只要拿掃讀機掃瞄牠們身體裡的晶片，牠們就可以回到主人身邊了。

晶片？晶片？對呀！就是晶片。我拉開紗門鑽進客廳，宣布我的新發現。

「我有一個好點子了。如果在每個女生身上打入晶片追蹤器，然後每個家庭裡都有一套衛星定位儀器，家長待在家裡，全天候掌控女兒的行蹤，就算是被歹徒綁走了，也能透過這套儀器立刻獲知失蹤的人在哪裡。」我滔滔的說著自己絕妙的點子。

「政府已經把大部分的錢拿去發放老人年金，沒有錢了。」爸爸用一種似笑非笑的表情說著。

「為了台灣女生們的安全，政府應該斥資，送給有女兒的家庭一套才行。我們去抗爭，讓政府重視這個問題，一直到政府撥款下來。」我依然興致勃勃，但是其他三個人卻沒有什麼反應。

「妳很笨耶！那樣女生不就更沒有自由了嗎？」亮家說我已經十四歲了，滿腦子還塞滿了這麼多童話式的思考，她覺得好好笑。

童話式的思考？這是什麼意思？

衛星定位系統的點子行不通那就算了。要不然就讓這個世界像童話作家豐子愷筆下的那個明心國好了，明心國裡的人穿棕櫚製的衣服、赤腳，胸前心臟的位置嵌著一面透明的鏡子，心臟的顏色會隨著人的情緒轉變。當你憤怒心就變紅，感到快樂心就變綠，感覺悲哀心就變黑，心裡想什麼心就老實的顯示什麼，什麼也隱瞞不了。這是讓人羨慕又期待的一個國度，當一個人有謀害別人的心意時，心就適時的顯示出邪惡的顏色，讓旁人可以預先防範並阻止即將發生的犯罪行為。

長大以後的世界根本就沒有童話，只有現實。就像現在，我得進去洗碗了。

性別大錯亂

昨天晚上站在陽台的時候，右耳下的脖子被蚊子叮了一口，被我抓出一塊像十元硬幣般大的紅腫。今天到學校，林淑麗大驚小怪的嗆呼著：「天啊！亮君，妳被誰種草莓了？」然後一堆同學就擠過來，對著我的脖子瞧了半天。

「哎喲，蚊子咬的啦！」我再次強調。

「騙肖！這會是蚊子咬的？」歐偉俊一副嚴刑逼問的模樣：「說，是誰幹的好事？」

「喲！小君，有行情喔！」阿姊裝模作樣的說。

「來，妳也幫我種一顆草莓，讓我有點身價。」阿姊有時候真是三八到極點了。

我覺得這些對話真是很無聊。即使他們都看出來，這塊紅腫確實是蚊子咬的，他們還是會故意鬧下去，鬧到妳失去風度翻臉然後生氣罵人。中學生的生活就是這樣無聊到極點，他們嘲笑任何事，包括妳鼻尖上的粉刺、過粗的蘿蔔腿、不小心從書包裡掉出來的衛生棉、情人節沒收到半張賀卡……還有他們最大的本事，就是將芝麻綠豆大的事渲染成天大地大的事，把白色的雲說成藍色的。

無聊的中學生最常玩的遊戲還有配對，哪個男生對某個女生講話講久一點，哪個女生幫某個男生買個什麼東西，幾分鐘以後，他們戀愛的消息就會在校園裡傳開來。

草莓事件一直到下午仍在發燒。鍋爐經過我身邊的時候，還刻意盯著我的脖子瞧了一會兒。

「看什麼？」早上點的火藥引信現在正好點燃，我一張口，爆炸的威力就從嘴裡彈射出來。

「幹什麼？火氣這麼大。」鍋爐誇張的做出嚇一跳的表情。

我真是煩透了，到護士那裡要來一片透氣膠帶貼在脖子上，卻反而招來「欲蓋彌彰」的說法，噢，隨你們去鬧吧！無聊的中學生。

上體育課的時候，老師說要分組，女生組和男生組，李大為和康文生兩個聊得正愉快，忘了分組的事，阿芬扯著嗓門提醒他：「阿姊，你是女生耶！怎麼還不過來？」李大為彷彿大夢初醒般的看看班上男生，再看看女生，然後笑嘻嘻的跑到女生這邊：「是啊！是啊！我是女生組的。」

黃老師並沒有阻止阿姊到女生組，他甚至還很「尊重」阿姊認為自己是女生的這個部分。

李大為是個有點女生氣質的男生，我們都叫他阿姊，他好像還挺喜歡這個名字的。對於他的性別錯亂，我們都司空見慣，常常拿這個話題當笑話捉弄他，或是夾著大腿模仿他扭著屁股走路的樣子，他也一副無所謂的樣子。我挺喜歡阿姊的，他很熱心，和女生相處得不錯，又喜歡做菜，郊遊野餐的時候，大家都搶著和他一組，他烤的肉從來不會燒焦。我們都覺得，阿姊比我們女生更像女生。

阿姊有一次告訴我，他很小的時候，常常穿著姊姊的洋裝在家中的庭院裡玩耍，鄰居媽媽探頭進來，問他是家裡的第幾個女兒？他很高興的回答：「我是媽媽最小的女兒。」聽完我抱著肚子笑到肚子痛，覺得這件事真好玩，但是笑完之後，就覺得很心酸。我不懂的是，既然上帝讓阿姊生為男兒身，為什麼又要在他的身體裡藏了一個女生？這麼喜歡當女生的人，就應該讓他當女生。真為難阿姊，一心想要成為女生，這輩子是不可能了。如果可以交換性別，我願意和阿姊互換，我沒那麼喜歡當女生的。

今天第二節下課的時候，我和孟儒、宜真一起到福利社買麵包，宜真說她「那個」要來的時候，嘴巴特別饞，肚子其實不餓，就是想吃一些辛辣的東西。我和孟儒並不餓，也只是想吃點什麼東西，就結伴一起去。在走廊上，我們和兩個三年級的學姊擦身而過，宜真神祕兮兮的壓低音量，指著剛剛那兩位學姊說：

「她們兩個是lesbian。」

「什麼是lesbian？」

「哎喲，妳真夠ㄙㄨㄥˇ的，lesbian就是女同性戀啦！」宜真一副我遜斃了的模樣。

聽到「同性戀」三個字，我的臉就開始發熱。我也曾經懷疑自己是不是同性戀，因為我喜歡住在樓下的插畫家。

「是嗎？妳怎麼知道？」我回過頭去看她們的背影。

「大家都在說啊！」宜真又說。

「大家是誰啊？」我再問。

「妳真的很無聊耶！所謂的大家，就是大多數人，當大多數人都在說的時候，這件事就有八成的真實性。」

真是有問題的邏輯，當大多數都是愚昧的時候，這些愚昧的多數怎麼可以呈現事實？我想起前些時候，「大家」也在猜教物理的陳老師很可能是同性戀，因為他長得那麼帥，沒有結婚也沒有女朋友，看女生的眼神更是呆滯得沒話說。中學生的生活真是無聊的很，無聊到見人就猜她或他是不是同性戀。還好，我沒告訴宜真和孟儒關於插畫家的事，要不然「張亮君是個同性戀」的傳聞也會傳遍整個學校。我發誓這是我心裡永遠的祕密，誰也不說。

「如果有個女生很喜歡妳、追求妳，妳會不會接受？」孟儒小聲的問我。

「如果有個女生追求我，我一定會叫她走開。」宜真說。「我喜歡男生。」

「我不知道，要看我對她的感覺怎樣。我覺得感覺很重要，妳呢？」我說。

「我應該不會，我覺得這很奇怪，而且會有很多人說閒話。」孟儒說。

這個社會的閒話還真多，台灣有那麼多的藥廠，他們應該去研發一種增強「閒話免疫系統」的藥丸，讓我們服用後，身體的每一個細胞都可以抵擋在身邊流竄的閒言碎語，這樣一來，每一個人就可以自由自在的過著快樂的日子。

這個話題沒有繼續下去，因為聊起來感覺怪怪的。

「姊，是不是有一點喜歡女生就是有同性戀傾向啊？」我問亮家。

「大概是吧！」亮家看也沒看我一眼，口氣聽起來很敷衍，見我沒接腔搭話才停下手上的筆，轉頭看我：「不會吧！妳不會喜歡上班上哪個女生吧！」

「哪有，我隨便問一下而已。」我感覺到臉頰又開始發燙了。我想到插畫家，我只是欣賞那種有自己獨特風格的人罷了，這種欣賞也可以是一種喜歡不是嗎？

但是，我真的是嗎？

自己的房間

媽媽的高中同學林娣阿姨聽說媽媽懷孕了，特地南下探望。為了招待林娣阿姨，爸爸帶我們到一家很高級的西式餐廳吃飯，裡面的桌子和餐具都很典雅，充滿復古的味道，餐點也很好吃。

「明揚，你真是老當益壯啊！老來得子。」林娣阿姨毫不客氣的消遣爸爸。她總是這樣，每次見面沒有消遣爸爸幾句就活不下去似的。爸爸苦笑了一下，沒多說什麼，他知道林娣阿姨的利嘴誰也招架不住。林娣阿姨那副誰也別想欺負她的態勢，讓我欣賞得不得了。爸爸暗地裡都說她是女性主義的刺蝟，少惹為妙。當時我問爸爸女性主義是什麼？爸爸說，女性主義就是教女人如何走出廚房及如何變成刺蝟的主義。爸爸討厭所謂的女性主義，是因為這個主義要女人走出廚房、放下掃把，到外面的世界發展自我。爸爸當然不會喜歡女性主義，就像女生不喜歡大男人主義是一樣的道理。

到底是誰發明那麼多的主義？三民主義、大男人、大女人主義、超現實主義、資產主義、神祕主義……只要你高興就可以去發明一種主義，然後把它發表出來，就會有許多人覺得很有道理，然後開始跟隨。

用餐期間，我上了一次廁所，那真是一次難忘的經驗。洗手台旁邊擺著兩張讓等候的人坐的漂亮藤椅，洗手台上擺著一個竹編的長方形盒子，放著面紙和衛生棉，好貼心的服務，好典雅的廁所。推開廁所的門，裡面約有兩坪大，蹲式馬桶四周是擦得晶亮的鏡子，不管從哪個角度都可以看見自己。裡面有兩種選擇，一種是坐式馬桶，另一種是蹲式的，我走到蹲著的便器邊，解下牛仔褲的皮帶蹲下，看著對面鏡中的自己，居然感覺到一股熱力衝到臉頰，我臉紅了，我居然臉紅了，五、六個光著屁股的我出現在鏡子裡，自己彷彿被幾個陌生人窺伺般的感到不自在。我把視線移到地板，數著地板上的方格子，匆匆的上完廁所，立即奪門而出。

我心裡懸著一個很大的疑問，為什麼不敢看自己的身體？為什麼？我是不敢看還是不願意看？和姊姊一起洗澡的時候，我不敢看姊姊的身體，面對自己的時候，也不敢看我自己。為什麼？它是我身體的一部分，為什麼感覺上它好像不是，倒像是別人寄放在這裡的一份不能給別人看見的神祕物品。不知道亮家面對這些鏡子的時候，是不是能順利的尿尿？

回到家，我打了一通電話給孟儒。

「如果妳去上廁所，裡頭有四面鏡子，妳敢不敢看自己……」

「我又不是鐘樓怪人，也不是貞子，有什麼不敢看的？」孟儒回答得很乾脆。「我每天都在照鏡子ㄟ，如果貞子去照鏡子，會不會被自己嚇死？」

「什麼跟什麼呀！鬼照鏡子看不見自己，妳沒聽過鬼都不照鏡子的嗎？哎喲，我是問真的，妳……我是說……」我壓低聲音說：「我是說妳脫下褲子的樣子耶！」

「啊！我沒在鏡子前面看過耶！」孟儒叫了起來。「妳很變態耶！」孟儒的口氣好像我剛剛踩到了狗屎，雙腳正踏進她家的客廳。

我鬆了一口氣，原來孟儒也不敢看。

「喲，妳看了？妳是哪根筋不對啊！也許那家廁所有針孔攝影機耶！」

「我根本就不敢看。也許可以帶妳去那家餐廳，妳真該看看那裡的廁所，如果是在三百年以前，那樣的廁所一定是皇后用的。」

「真浪費，只是廁所就裝潢得像皇后用的。」孟儒懶懶的說。

「聽說那家店的老闆是個男的，我倒覺得他挺尊重女生的。我愛死那家店。」會這麼善待女生的餐廳老闆，一定非常有魅力。我覺得他真是太可愛了。幾乎百分之九十的公共廁所都是又窄又小，就連練習中國功夫的空間都不夠，在外面上廁所是很大的折磨。

林娣阿姨晚上住在家裡，我拿棉被到客房給她的時候，她送我一本名為《自己的房間》的書。

這是教人如何布置房間的書嗎？

「也許弟弟出生以後，我爸爸會買一棟有五個房間的大房子，到時候我們就有自己的房間了。」我不知道說這句話有什麼意思，只是覺得接受別人的禮物應該說一些話。跟大人在一起的時候，我常常不知道要說什麼才恰當。

林娣阿姨一定很了解我們家的狀況，我和姊姊使用同一個房間，彼此干涉、干擾，沒有自由也沒有隱私權。我大略翻了一下書的內容，覺得深奧難懂，看不下去，我猜想林娣阿姨的用意一定是在暗示我們，每一個人都需要有自己的房間，可是她又不好太干涉我們家的生活，所以送了這本書作為暗示，希望我們能自己去爭取屬於自己的房間。

我們家只有三十坪大，兩個大房間，另外還有一間不到三坪的小房間，那是倉庫，有時候也充當客房。我和姊姊從小就住同一個房間，上了小學後，為了讓房間容得下兩張書桌，爸爸把雙人床換成上下鋪的木床，我睡在上鋪。

雖說已經很習慣了，但是，我也渴望有一間自己可以決定要不要鎖門的房間，一個人待在房間裡做什麼都好，可以發呆傻笑、跳難看的舞、衣服丟得亂七八糟，還可以放很響的屁。爸爸想要有一個兒子，當初就要買一棟一百坪的房子，給那些不小心生出來的女兒們住。因為他不知道自己到底要生幾個女兒之後才會生出兒子，不是有人生了十個女兒之後才生出一個兒子嗎？事情好像都是這樣，愈想得到一樣東西，得到的機會就會愈渺茫。

我和亮家待在客房和林娣阿姨聊天。她最想知道的事，是我們到底交男朋友了沒有？姊姊已經有了阿威，她和同校的阿威已經交往兩年了，我說我沒有。雖然有幾次幾乎脫口詢問林娣阿姨關於插畫家的事，但是，我還是嚥了回去，很難啟齒的，也許說出來以後，大家都會笑我，如果他們又說給別人聽，那我該怎麼辦？何況這只是我自己的事，插畫家一點也不知情呢！

「年輕真好啊！」林娣阿姨捏著我的臉頰說。「如果時光能倒流，我希望像妳們這個年紀就開竅，我一直到三十歲才真正懂得為自己而活。」

開竅？是什麼意思？竅，指的不是腦袋上的眼耳鼻口嗎？成語說的一竅不通，指的是哪一竅？林娣阿姨說的開竅，又是開哪個竅啊？如果所有的竅都不通，這個人是不是就沒救了？

我到底開了那個竅沒有？才覺得疑惑呢，林娣阿姨接著就告訴我們，人類要看美麗的畫面取悅自己的眼睛，吃美味又營養的食物取悅味覺和腸胃，聽悅耳的聲音、嗅聞美妙的氣味取悅自己的心靈，當有一天長大了，也要去找一個喜歡的人取悅我們的身體。而這個人很重要，他可以是男生，也可以是女生，到時候我們的身體自然會告訴我們。

好像有點懂了，開竅就是讓腦袋上的五官去發現世界。但是身體也需要開竅嗎？取悅身體的另一個人是女生真的也沒有關係嗎？

「這很重要嗎？」我問。我覺得臉在發燙。「我的意思是，生命要去實踐的理想那麼多，而這個有那麼重要嗎？」

「這當然很重要。妳每一分、每一秒都在和妳的身體相處，當它需要什麼東西的時候，會用一種很奇妙的方式告訴妳。而妳很自然的就會知道，就像妳肚子餓了，胃會咕嚕嚕叫，如果妳不去吃東西，可能接下來會胃痛、不舒服。」

我的臉持續在發燙。

「亮君，妳幹麼臉紅成這樣啊！」亮家叫了起來。

亮家真是討厭死了，這本來就是讓人臉紅的話題，自己厚臉皮不說。

「我敢打賭妳那古板的媽媽一定不是這麼告訴妳的。」林娣阿姨說。

「對呀！媽媽才不跟我們說這個，她常常說的是女孩子要自重、女孩子要如何如何……」亮家還沒說完，媽媽已洗完澡走進來。

「林娣，她們還太小，妳的那套『寶典』三年後再告訴她們。」媽媽說。

「天啊！妳是這樣當媽媽的呀！亮家都已經高三了耶！她成熟到已經可以和她男朋友吃光樹上所有的禁果了……」

「我才沒有……」亮家紅著臉反駁。換她臉紅了，但是，我沒有笑她。

「蕙仔，有些事情要趁她們還小的時候就讓她們明白，讓她們有時間提前思考自己的人生大事，這些丫頭已經悄悄長大了，妳不會曉得她們什麼時候會面臨『決定』，如果能事先告訴她們注意事項，那麼該做決定的時候，才不會驚慌失措做出錯誤的判斷。否則，當她們開始品嘗錯誤所帶來的痛苦時，她們會恨妳的，恨妳什麼都不說。」

「這些事情哪有妳說的那麼嚴重，她們還是孩子。」媽媽很勉強的笑著。

「喔！天啊！從月經來的那一天開始，她們就已經不是孩子了。不跟妳多說了，我只求妳給這兩丫頭一點新觀念。如果有一天她們嫁了一個要她們無論如何都得生個男孩的家庭，妳怎麼辦？到時候妳會以自身的經驗告訴她們，要忍耐、要以家庭為重。生命這般可貴，卻全都用在忍耐上面了，值得嗎？就算妳投入婚姻，也要有一個階段是為自己而活的。」

媽媽無奈的傻笑。林娣阿姨轉身對我和亮家說：「交男朋友可以，但是要有判斷能力也要有防範的措施，因為有些事會造成無法彌補的遺憾。妳看現在的社會新聞，國中生、高中生懷孕生子，孩子成為棄嬰，有的甚至用袋子裝著丟到垃圾桶，如果能先想到我這麼做之後的後果會怎樣，自己是不是承擔得起這些緊跟著來的問題，想清楚了再去做決定。」

有時候我還真懷疑，媽媽這麼安靜、傳統又保守，怎麼會有林娣阿姨這樣活潑又前衛的朋友？如果林娣是我媽媽，生活一定會變得有趣極了。但是，林娣永遠也不會是我的媽媽，因為爸爸絕對不會娶這種女性主義的刺蝟為妻的。但是，如果林娣真的變成我媽媽，那麼現在的爸爸就不會是我爸爸了。

我們離開客房後，媽媽和林娣阿姨繼續壓低聲音說著什麼。兩個女人在一起，總會有說不完的話。

睡前，我去敲了爸媽的房門，告訴他們我想要有自己的房間，可不可以搬到那間客房，反正家裡也很少有客人，如果真的有客人，我可以讓出房間。

爸爸沉默了十秒鐘說：「那間房間是嬰兒房，弟弟出生後要住的。」

「距離弟弟生出來、長大，還有兩、三年的時間，我可不可以先搬進去，弟弟長大以後，我再搬出來？」我說。

「以後再說。」當爸爸不同意某件事，他就會用這句話作為結尾。誰也不知道漫長的以後會延伸多長，就像我小學一年級的時候，跟他吵著要一雙直排輪鞋，他也說以後再說，到現在也還沒說到底可不可以呢！

看來，我真的辜負林娣阿姨的美意了。

沒關係，雖然沒有自己的房間，但是，我有一個小陽台，那個陽台是屬於我的，是我可以發揮的空間。

回到和姊姊共用的房間，忽然覺得好擠。

「姊，妳和那個阿威到底有沒有吃禁果？」我將頭朝下問亮家。

姊姊沒有回答。

「姊……」

「妳很煩耶！我的事不用妳管。」姊姊從被窩裡吼了一聲。

當一個人不正面回答問題的時候，心裡頭肯定有鬼！

禁果，是什麼滋味？

嗯，難以想像。

我的人生完了

我想我的人生完了。

今天放學和孟儒走在學校附近的天橋上，準備到對面街角那家泡沫紅茶店喝杯綠茶。天橋上除了我們兩個，還有一個肚子微凸看起來矮壯的中年男子從天橋那頭迎面走來，我看了他一眼並沒有多留意那名男子，我和孟儒正在談論班上同學搶購五月天演唱會的門票。那個中年男子走過我們身邊時，突然伸出手來，往我的胸部捏了一下，我愣住了，孟儒用一種破破的聲音尖叫起來，那個男子嘴角往上揚，露出一種噁心的訕笑後，將手插進褲口袋裡，若無其事的離去。

我氣得嗆死了，一股怒氣衝到腦門，全身不由自主的顫抖起來，不知從哪裡來的勇氣，我脫下右鞋往前追了幾步，朝那個噁心男子的頭給丟過去，孟儒也跟著脫下一隻鞋子追上去。

「咚！」的一聲，一隻鞋跟正不偏不倚的砸到噁心男人的後腦勺，另一隻則在他轉過身時，擊中他的下巴，那名噁心男人的臉看起來氣死了，朝我們走過來，一副準備把我們吞吃了的模樣，我和孟儒慌張的逃離天橋。

我們跑下天橋，抬頭看天橋，想確定那名噁心的男人有沒有追下來，結果我們看見兩隻鞋一前一後的以一種拋物線的圓弧姿勢從天橋上被扔下來，跌到馬路上，一部經過的汽車隨即輾過其中一隻。噁心男子摸著後腦勺走下對面的天橋，我發現自己還在發抖，無法控制的顫抖。

我和孟儒一人赤著右腳，一人赤著左腳，站在馬路邊看著我們的鞋子被車子輾過來輾過去。

「我們應該去把鞋子給撿回來，不然怎麼回家？」孟儒說。

我們冒險到快車道上撿鞋子，當距離三十公尺遠的紅燈亮起來的時候，我們衝到馬路上，撿起鞋子再衝回來。我穿的是球鞋，除了髒了一點，並沒有受損，但是孟儒的皮鞋已經嚴重變形，她勉強將腳塞進鞋子裡。

「還好啦！還可以穿回家。」孟儒不以為意的說。

「我們應該要找個地方練習尖叫。」我說。

「對呀！我剛剛喉嚨好像卡住了，叫得好小聲。」孟儒清咳幾聲，清清喉嚨。「亮君，妳好勇敢，居然敢拿鞋子丟他。」

「妳不也拿鞋子丟他了嗎？」

「我嚇到了，我是看妳拿鞋子我才跟著做的。」

「孟儒，我們星期天到柴山去練習尖叫好不好？」

「好啊！我們要練出一種驚天動地的尖叫聲，以後如果倒楣又遇上這種變態，我們就尖叫，這樣至少可以嚇走他。」

經過這件襲胸事件，我和孟儒決定回家，誰也沒有心情去喝茶了。

回家的路上，我們有一段路是完全沉默的，我們就這樣肩靠著肩各自走著，我不知道孟儒在想什麼，但是我全身的每個細胞都很不舒服，那種感覺好像是妳想嘔吐又吐不出來；想放聲大哭，卻又因為在街上不敢放心的哭；想找個人狠狠的打一頓卻不知道該打誰。我一句話也不想講了，從孟儒忽然摟著我的肩膀這個動作，我知道她了解這點。

晚飯我只吃了半碗。洗澡的時候，我哭了，仍然不敢大聲的哭，擔心外面的人聽到。睡夢中，我作了一個惡夢，夢見自己走在天橋上，迎面走來一個矮胖的男子，我害怕的轉身就逃，但是走了一個又一個天橋，怎麼也甩不掉那個男子，天橋多得走不完，一個接著一個，我一直走、一直逃……

我從夢中哭醒過來，一直哭、一直哭，直到姊姊醒來。

「怎麼啦？」

在姊姊的追問下，我艱難的說出了在天橋遭到襲胸的事情。

「真是可惡的豬八戒！」姊姊氣得咒罵起來。「沒關係，我們就到那個天橋去攔截，直到找到那個豬八戒，我們用球棒打爛他的頭，再把他丟下天橋。」

「妳們怎麼啦？」媽媽在門外敲門。姊姊的聲音太大，把媽媽給引來了。我暗示亮家不要開門，我不想讓媽媽知道這件事。但是媽媽硬要進來，敲門敲個不停，亮家只好把門打開。

「妳怎麼了？哪裡不舒服嗎？」媽媽擔心的摸摸我的額頭。我和亮家都不說話。「妳們想要急死我是吧！到底發生了什麼事？」媽媽緊張的問。看媽媽緊張的模樣，亮家只好把事情說出來。

一陣很尷尬、很長的沈默。

「以後沒事少出門。」爸爸不知在門口站多久，他冷冷的說完這句話後，臉色難看的走出房間。

我立刻後悔了。我發誓，以後不管發生什麼事都不說了，不說了，不說了，不說了。

媽媽緊緊的握著我的手，什麼話也沒說。

「如果我手邊有一把刀，丟出去的就不會是一隻鞋子。真是太可惡了！」姊姊氣得跺腳。「小君，還好，妳教訓他了，妳真的很勇敢，不過，如果那隻鞋子的鞋底能沾到一些狗屎就更好了。」

姊姊那樣說，我的心至少得到一點點安慰。亮家爬到上鋪，心疼的摟著我睡。

還好，這個悲慘的世界還有亮家。

星期天的上午九點，我和孟儒騎腳踏車到柴山，準備到最高的三角點練習尖叫。對於沒有運動習慣的我們而言，走十五分鐘的木棧道就氣喘如牛了，我們坐在階梯上休息。

「這裡可不可以尖叫？」孟儒紅著一張臉說。

「這裡人太多了吧！我們到猴岩附近的涼亭好了，那裡的人比較少。」我說。

我們又走了三十分鐘，和六隻猴子錯身而過，半途就放棄到猴岩的念頭，轉進富家溝。富家溝是一個長約五十公尺的小峽谷，兩側聳立著三、四層樓高的岩壁，這裡很適合拍武俠片讓大俠施展飛岩走壁的絕技，也很適合尖叫，因為尖叫的聲音可以直達雲霄。而且要到富家溝來，一定得離開木棧道走一段小徑，所以，一般的登山客很少會到這裡來。

「就在這裡好了。」我說。「誰先叫？我先好了。」

「啊～～～～」我小心翼翼的叫了一聲。

岩頂上的雀榕樹上有兩隻猴子，防備似的觀察著我們。剛開始，我們很不自然，用喉嚨的假音叫著，不敢放開喉嚨用丹田的力氣。因為偶爾還是會有一、兩個遊客進來，他們用疑惑的神情看著我們。我心裡覺得真悲慘，連從喉嚨裡發出真正的吶喊，都還要顧忌旁人的眼光。

「孟儒，我們應該要更大聲一點，這樣才可以嚇走那些變態。我試試看。」我指著樹上的猴子：「如果我們可以嚇走那兩隻猴子，就算成功了。」

說完，我很大聲的叫了起來，叫得喉嚨有點痛，耳根發熱、臉發燙。

孟儒漲紅著臉，依然用剛剛的假音叫著。

「沒關係，妳再試試看。我們要把尖叫練習到成為一種利箭才行。」我再度大叫一聲，比剛剛還要大聲。在嘗試幾次後，對於旁人的眼光已經不那麼介意了。

孟儒輕咳了一下，清了清喉嚨，一副要吼出泰山式叫聲的架勢。

「啊～～～～～～」

尖銳、刺耳的聲音衝出了柴山，我猜想這一聲尖叫就連在高雄港外海行駛船隻甲板上的水手都聽見了。「孟儒，真有妳的，不鳴則已，一鳴驚人。」有一些人飛快的跑來，以為發生什麼事，我們若無其事的看著樹上的猴子。我們練習了二十分鐘，就準備下山了。

「亮君，我們真的很不簡單耶！可以叫那麼大聲。」孟儒在回程的路上神情愉悅的說。

是啊！真不簡單。這好比我們買回一雙新鞋，剛開始穿時總是咬腳咬得難受，穿久了就順了。我們喉嚨裡也許有著一層膜，必須用力的吶喊，讓聲音衝破那膜，沒有了膜的阻隔，以後要發出任何聲量的聲音就都沒有問題了。

我的胸口有一股氣，讓我很不舒服、很生氣、很想吼叫或者摔東西，可是我不知道什麼東西能夠摔，想摔姊姊的音響，但是那是她用五千元的壓歲錢買的；想把書包丟到樓下，讓書本、作業簿、原子筆、橡皮擦墜落地面，但我又不願意到樓下去撿回來。我很想哭，卻沒有一個安全、沒有人看見的地方可以讓我大聲的哭。

我的胃和胸口都悶悶的痛，一定是得了什麼怪病。

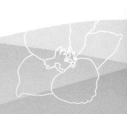

心裡有氣

天橋，彷彿成了惡夢的代表，只要我心中有恐懼，就會做在天橋上行走的惡夢。這件被騷擾事件，有時想來胸口就一陣悶痛，現在我已經習慣在書包裡放兩顆石頭，並且隨時保持警戒，如果誰還膽敢對我不禮貌，就要他的腦袋開花。

昨天又作了天橋的夢，夢見自己從天橋上往下墜。早上起床後，心情壞透了，有一種很強烈的想惹老師生氣的念頭，不管是哪個老師，我要讓他氣得頭頂冒煙。我把媽媽放在餐桌上的手機帶到學校，祈禱手機在上課的時候響，然後我要大聲的講電話，完全不理會老師的制止。這個計謀讓我處於高度興奮的狀態。

整個上午手機居然沒有響，真是氣得嗆死人！下午第一節是小辣椒的英文課，上了十五分鐘以後，我把手機拿出來，開始撥號，撥號聲讓老師停止上課，同學們都轉頭看我。我的臉色此刻一定很難看，我很努力的要控制好臉上的表情，但是，要馴服臉上那麼多條神經，讓它們至少表現得自然一點，真是太難了。

「亮君，妳在幹什麼？不要這樣！」孟儒小聲的叫著，聲音充滿了緊張。因為台上站著的正是全校最「恰」的有「小辣椒」稱號的英文老師。

我不理會孟儒，繼續撥著電話號碼。我沒有要打給誰，只是不斷的按著手機面板上的數字而已。我的心跳得很快，但是管不了這麼多了，我非這麼做不可。

「張亮君，妳給我把手機收起來，立刻。」英文老師板著臉孔說。

我眼皮抬也不抬一下，假裝沒有聽到，繼續按手機。

「張亮君，我再說一遍，把妳的手機收起來。」英文老師咬著牙說。

看見英文老師氣得漲紅的臉，胸腔裡的那股氣已經消退一半，另外一半成功的轉給倒楣的小辣椒，相信她現在一定氣得嗆死了。

我覺得自己真是卑鄙透了，非得這麼做不可，因為我心裡有氣。教室裡充塞著可怕的靜寂，幾十雙眼睛盯著我，聽著我手機上一直沒有停過的撥號聲。我在等待一顆炸彈掉到頭上，把自己炸得粉碎。小辣椒氣呼呼的把手上的英文課本從講台朝我扔過來，不偏不倚的砸中坐在我左前方位置的鍋爐的肩膀，他摸了一下肩膀，彎腰把課本撿起來。既然心裡的氣已經轉移了，我把手機收起來。但是，英文老師還是用那對正在焚燒的眼睛瞪了我五分鐘之久，教室裡依然塞滿了沉重的寂靜。

要處罰就處罰吧！我一點也不在乎。體內那股強勁的力量還在熊熊的燃燒，等著我再去點燃什麼，打手機這件事真是太微不足道了，我應該把整個學校連根拔起，然後像揉一張紙團那樣揉成一團，扔進台灣海峽。

小辣椒氣得連課也不上了，讓我們自習。

「張亮君，妳欠我一個人情，我替妳挨了一箭。」鍋爐誇張的摸著他被課本砸中的肩膀跟我邀功。

「不關我的事，是小辣椒射飛鏢的技術太爛，也是你自己倒楣。」我說。

「不管，這個人情我記在牆壁上了。」鍋爐耍賴皮的說。

第二節課的時候，媽媽出現在教室門口。她把手機要回去，滿臉不高興的用眼睛狠狠瞪我。每個人都想用目光殺人。媽媽為什麼會來？很簡單的推理，英文老師向我們導師告狀，我們導師立即打電話給媽媽。

準備降旗的時候，輔導老師把我留下來，和顏悅色的對我說她知道今天我和英文老師發生了衝突，英文老師已經原諒我了，她問我願不願意談一談？一股無名火立即竄到腦門，媽媽到底跟這些老師說了什麼，我有允許她把這件事告訴家裡之外的第三人嗎？我緊抿著嘴脣，別指望我說一個字。我發誓再也不跟媽媽說一句話，我真的發誓，教室外面樹上的小鳥可以作證。

我這輩子所做的超級蠢的蠢事，就是把天橋那件事讓孟儒之外的第三人知道。我再也無法信任媽媽了，她到學校到處講是什麼意思？只因為我拿了她的手機嗎？這個叫媽媽的人，到底是屬於哪一種人類啊！

我坐在住家附近小公園的秋千上，無意識的盪著，一點也不想回家。天黑了，公園裡靜得可怕，我這才拖著沉重的腳步回去。爸爸站在樓下大門神色緊張的四處張望，遠遠的看見我，快步向我走來，板著一張臉說：「晚回來怎麼也不說一聲？我們差一點就去報警了。」

我把自己鎖在房裡，完全不理會媽媽在門外叫嚣，她居然不知道自己今天做了什麼，還質問我為什麼拿她的手機？

整個世界真是爛得嗆死人！

冷戰開始了！

我說過一輩子不再和媽媽講話，我正在履行自己的承諾，從來沒有像現在這樣堅定過。我整整兩天沒有和媽媽說一句話，我看得出來媽媽很生氣，也很用力的隱忍著。

「妳和我有仇是吧！非這樣對我不可。」媽媽忿忿的說。「妳以為我願意講妳的事是不是？如果不是英文老師堅持要記妳一個警告，我會說嗎？」

一個警告有什麼了不起？就算是一個大過也不應該說的呀！妳不知道自己這樣做已經嚴重的傷害到我的自尊了嗎？這件事如果在學校傳開了，我還要不要去上學？到時候乾脆去東帝士摩天大樓第八十五層往下跳算了。

吃飯的時候，我夾了一些菜準備進到房裡吃。

「有骨氣就不要吃我煮的飯。」媽媽生氣的吼著。

我轉身扔下飯碗，進房去。我寧願餓死也不吃了。

「妳給我回來坐下吃飯，妳看看妳對媽媽是什麼態度？妳媽懷孕耶！妳還這樣氣她？會影響胎兒發育的，妳知不知道？」爸爸生氣的說。我沒有半點遲疑的直接走回房間，鎖上房門。

我真是沒出息、沒有用，怎麼哭了？連眼淚都控制不住。外面的人欺負我，爸爸媽媽也欺負我！

姊姊到巷口買了兩個麵包給我，沒有囉唆一句。如果媽媽有姊姊一半的瀟灑就好了。

第二十一名的孤獨小屋

第一次月考成績公布了，我從原來保持的第七名掉落到第二十一名。爸爸臉色很難看，媽媽也皺著一張臉，雖然沒說什麼，但是她的臉擺明了我怎麼這麼笨。

我現在心情糟透了，頭也痛著，但是我無可奈何，必須待在我二十一名的房子裡。這個房子只有一盞小小的五燭光燈泡，昏暗得讓我頭昏而且睜不開眼睛，房裡充滿了什麼東西腐朽的霉味，難聞極了。我得在這樣糟糕的屋子住到下次考試為止。如果我不努力用功，可能會住進更糟的連五燭光都沒有而且還會漏水的屋子。

我現在居住的國家真是很奇怪，他們覺得這個國家的孩子，除了原來的家庭之外，還需要另一個住所，這個住所必須透過一種叫作「考試」的制度，才能決定這個孩子要住在哪裡。他們以城鎮為單位，每個城鎮的孩子開始上學以後，就得通過一關又一關的考試，每個階段有不同的考試，但是考完試的結果都是一樣的，有人住進第一名的房子，有人住進第二名、第三名……第二十一名的房子，數字愈大的孩子，受到的待遇就愈差，房裡的設備就更簡陋。另外，學校和家庭裡的成員會對你失望，而其他的人，一旦知道你住在數字很大的房子後，都會用一種「將來一定沒出息」的眼光看你，那種眼光據說比刀劍還銳利。

除了二十一名之外，還有三十七名……四十三名，數字這麼大，他們的待遇更差不說，最慘的是還有人會被稱為笨蛋。

將來到底是什麼？十年以後就是將來嗎？還是當你決定不再讀書了，站在校門口，眼前看到的就是將來？為什麼將來不會是明天？後天？我認為還沒有到來的日子都是將來。

將來我還有很多的試要考，也許會住進五十三名的小屋，將來，將來，還沒有到的日子誰知道會發生什麼？可能我還沒有到更遠的將來就死了。如果有青少年不幸死了，一定是痛苦死的，但是他們一點辦法也沒有，得等到長大以後，完全脫離學生的身分，才享有不必住在「名次」的房子裡，然後自由自在的生活。

我也許要再用功一點，好擺脫這髒汙的第二十一名孤獨小屋。

髒話

請近距離使用

為了安撫我住進二十一名孤獨小屋，鍋爐、太保、孟儒和宜真決定請我到麥當勞吃一頓。我們才剛剛坐定，鄰桌來了七、八個穿著制服的高中男生，他們還在上樓梯的時候就已經嘰嘰喳喳吵翻天了，全部坐定後，講話的音量顯得更高了。他們你一句「幹╳娘」，他一句「幹╳娘」，所有的話前頭都掛著「幹╳娘」，聽了真刺耳！我感覺到胸口的怒氣在翻攪，漸漸的感到呼吸困難。我終於站起來，朝著那群高中男生的方向吼著：

「ㄟ，你們這群人真的很奇怪耶！他要幹╳娘，你又要幹他娘，他也要幹他娘，你們這樣幹對方的娘，算什麼好同學、好朋友啊！」這陣子堆積在胸口的烏煙瘴氣一股腦兒全釋放出來了。

其中一個國字臉的高中生聽了很不爽，拿著他的杯子走到我身邊，用力放下盛滿可樂的杯子，可樂溢出來，濺了我一身都是。

「你想幹什麼？」太保站起來，大聲的喊著。鍋爐也站了起來。

「你不爽我更不爽，要講髒話，請近距離使用，不要汙染不相干的人。」我繼續用挑釁的口吻說著，如果可以，我也想要打一場架。

另一個戴眼鏡的高中生拉著國字臉說：「不要這樣，別跟小朋友計較。」

有一個麥當勞阿姨看情況不對，笑臉盈盈的走過來打圓場：「一場誤會，一場誤會，大家都是年輕人好說話，我請你們喝可樂消消氣，怎麼樣？」

這個阿姨把我們換到另一個看不到這群高中生的角落，還請我們一人喝了一杯可樂。

「亮君，妳是怎麼回事？妳害我們差點被殺死。」宜真誇張的說。

「喔，妳別這麼誇張，他們亮刀子了嗎？」孟儒說。

「他們的書包裡一定藏著一把刀。」宜真說。

「妳別誇張了，他們那個樣子不太像混混，只是不習慣讓小妹妹教訓。張亮君，妳真的很了不起耶！」鍋爐笑著對我說。

「我只是太生氣了，容忍很久了。」我說。

「亮君，妳說得太好了，所有的髒話都應該近距離使用。」孟儒拍著我的肩膀說。

太保用手肘頂著鍋爐的手臂：「ㄟ，你幹麼？你的偶像變成張亮君了嗎？」說完轉向我：「妳最近很不對勁，很衝喔！」

鍋爐沒有說話只是笑著。我只是心裡有氣罷了！如果鍋爐以為我有多勇敢、多有正義感，那他就大錯特錯了。

太保神祕兮兮的要我們將耳朵湊過去，一副即將要公布一件天大的祕密的模樣，太保壓低聲音說：「我想要罵一句髒話，你們要不要聽？」

「好吧！姑且聽之，但是不要太髒喔！」我也小聲的用我們四個人能聽見的音量說。「真是狗屎，今天的雞塊硬得像鐵塊，我的嘴脣都咬破了。狗屎！」太保說。

我們轟然大笑，原來髒話近距離使用居然這麼爆笑。如果使用這些不堪入耳的髒話之前，能問問對方可不可以、要不要聽，一定能改善地球一部分的汙染。

傍晚在陽台給植物澆水的時候，發現牆角擺了兩個新的盆栽，一盆是玫瑰，另一盆看起來很像是桂花。是媽媽買來和解的嗎？我沒有問，也不想問。問了等於和解，這件事我沒有錯，我不要和解。

我今天仍然沒和媽媽說話，媽媽叫我吃飯，我讓她以為自己正對著空氣說話。和媽媽冷戰五天了，我真的一句話都沒有對她說，也沒有坐在餐桌吃飯，都是姊姊端進房間給我吃，她知道我寧願餓到昏倒也不會出來吃飯。姊姊還嘲笑我：「ㄟ，妳很像古代的千金大小姐耶！都要奴婢把飯菜端進房間吃。」

我又作惡夢了。夢見班上同學的英文課本在一夜之間離奇失蹤，只有我的還在，所以英文老師罰我抄寫英文課本四十五本，我在夢裡氣得嗆死了，認為老師夾怨報復，堅持不抄寫，校長把我找去，威脅我如果不抄寫，將會被留級。我向媽媽求救，媽媽因為我對她的態度不好，不肯幫忙。

我再也受不了惡夢了。怎麼睡才不會作惡夢呢？如果換個枕頭，會不會比較好呢？水果熟了會自然掉落地面，那麼所有的夢結束後，自然就掉進枕頭裡，如果枕頭裡的惡夢太多，自然就會影響到後來的夢。也許換一個枕頭試試看，讓後來形成的夢沒有參考前面那個夢的機會。嗯，跟媽媽換一個枕頭。不行，我跟媽媽在冷戰，把枕頭拍一拍、抖一抖，將舊的夢拍掉、抖掉，應該就可以了。

我已經很久沒有作快樂的夢了，神啊！請賜給我一個快樂的夢吧！

如果帶著微笑入睡，是不是就能作些快樂的夢呢？

我決定今晚帶著微笑入夢。

噢！別推給叛逆期

晚上，我走出房間上廁所的時候，聽見媽媽不知道跟誰在講電話：

「是啊！叛逆期的孩子都這樣……怪裡怪氣……關在房間吃飯……不理人……」

噢！真是氣得嗆死人！這些大人是怎麼回事？以為把所有的事都推給叛逆期就沒事了嗎？孩子的脾氣變得怪怪的，都是因為該死的叛逆期？到底是誰發明了「叛逆期」這個名詞？讓小孩蒙受不白之冤，還成為父母的遁辭，讓他們找到放棄困難溝通的理由，然後跑到安全的地方自我安慰？

發明「叛逆期」這個名詞的人，一定是個非常懶惰又非常討厭青少年的人。

事出必有因，我怎麼會無緣無故怪怪的？怎麼會沒有半點理由就不理人？媽媽怎麼這麼健忘，難道她真的忘了我不想和她說話的原因？我絕對不承認自己的行為是叛逆，不要說我叛逆！

被了解雖然很重要，但是被錯誤了解卻是很嗆人的，就像你分明就是冬瓜，卻被誤認為是南瓜，而你偏偏最討厭南瓜。所以，與其被錯誤了解，不如不被了解的好。就算全世界的人都不了解我，也不會覺得寂寞，因為那樣起碼不會被錯認為南瓜。

進房時，我把房門重重的關上。真是氣得嗆死人！

晚上在餐桌上爆發另一場戰爭。和媽媽冷戰以來，這是我第一次坐在餐桌用餐。我們一家四口正圍坐在方形的餐桌上享用晚餐，但是，接下來我們卻餓得前胸貼後背。該怎麼說明我家現在這個狀況呢？應該是愉快的晚餐時間，媽媽煮了一桌豐盛的菜：紅燒肉、空心菜、一條鱸魚、韭菜炒香菇，還有一鍋排骨金針湯。大家才夾了兩筷子的一桌子的菜，被爸爸一把掃到地上，油漬、菜屑混雜著碎裂的瓷片撒落一地，媽媽原本要蹲下來弄，我搶著做，媽媽六個月大的肚子已經不適合蹲了。

和媽媽維持九天的冷戰，在我蹲下來撿拾碎片的那瞬間就結束了。我其實已經沒那麼生氣了，還要裝出生氣的樣子，真是累死人。再繼續冷戰下去，簡直就像歹戲拖棚，太沒有意義了，況且媽媽還在懷孕呢，如果影響到胎兒的發育，以後生出一個壞脾氣的小孩，我可能也會跟著遭殃呢！

爸爸和姊姊就像是仇人似的，他們的頭頂上隨時都冒著火星，只要碰見易燃物，就立即著了火，並「轟！」一聲爆炸，炸得每一個人的好心情都支離破碎。

我的肚子餓得咕嚕咕嚕叫，實在搞不懂，爸爸為什麼老是跟食物過不去。

媽媽面無表情的坐在餐桌旁，就好像一個藝術家剛剛完成一幅畫作，卻被頑皮的小兒子撕成兩半。辛苦做了一桌的菜，就這樣被毀了。

今天的導火線是姊姊說她要去改名字，她不要叫什麼亮家，她要照亮自己。

爸爸很自豪為我們取名為亮家、亮君，他說，女人是燈，唯一的功能就是照亮整個家，只要把家照顧好就行了。女人是燈，除了照亮家之外，還要照亮自己的丈夫。但是，我覺得亮家這個名字不錯啊！如果把家照得明亮，一家人都過得幸福快樂，也挺好的。倒是我的名字，亮君，亮君，難道我不能只照亮自己嗎？如果這輩子都沒結婚，我還要照亮誰啊！我也想改名字。但是，我沒有姊姊那份勇氣。也許可以在爸爸更老一點，老得沒有力氣罵我的時候，再去改名字。我要改什麼名字呢？改亮吾好了，但是聽起來好俗氣喔！

爸爸很生氣：「亮家這名字有什麼不好？照亮整個家庭，給家庭溫暖有什麼不對？」

「我就是覺得不對。如果它是這麼好的名字，你應該留起來，等媽媽生了弟弟後給你的寶貝兒子用。」爸爸就是在姊姊說完這句話後，氣得把菜掃到地上，我第一次看見爸爸發這麼大脾氣。

我覺得姊姊並不是真的想要改名字，她只想惹爸爸生氣。有時候我也會這樣，看誰不順眼的時候，就想惹他生氣，看別人生氣，自己就會有一種痛快的感覺。我是不是心理不太健全，要不要去看心理醫師呢？

我到巷口買水餃回來，放在餐桌上，餓的人自己來吃吧！姊姊很快就跑出來吃水餃。我還真佩服她，怎麼一點也不需要賭氣？

餐桌上只有我和亮家在吃水餃。亮家一臉氣憤的說：「希望媽媽這胎再生個女兒，讓爸爸得到輕視女生的報應。他活該沒有半個兒子。」

我聽了很不舒服，生氣的反駁：「妳這樣說怎麼對？不就等於把自己的性別當作是一種報應，別人怎麼說我不管，妳不應該這麼說我們即將出生的妹妹，如果她是妹妹。」

亮家沉默了一會兒才接口說：「我常常覺得妳的口才不好，但是今天我發現妳的口才其實挺好的。」

是嗎？我老是覺得自己只有在生氣的時候才能把話說得擲地有聲。這應該就是一種潛能，但是這種潛能嗜吃憤怒。

爸媽房間傳出爸爸的吼叫聲：「這哪是叛逆期？根本就是不孝，我倒了什麼楣了，生出這樣一個穿裙子的……」亮家暫停了吃水餃的動作，惡狠狠的站起來，一副又要發飆的態勢。

「姊，妳這樣……其實都是媽媽在受苦……」我說。

「妳這麼多天都不跟媽媽說話，媽媽就沒有受苦了嗎？」亮家丟下這句話，水餃也不吃，就進房去了。

看來，這個家最倒楣的人是媽媽。她不僅要在四十三歲這麼老的年紀懷孕生子，還要面對一個大男人主義的丈夫，及兩個叛逆期的女兒。我有點後悔那九天對媽媽的不理不睬。

九點了，垃圾車的音樂響起，我自動拎起已經打包好的垃圾下樓，插畫家剛好走出家門，手上也拎著一包垃圾。我說可以幫她把垃圾拿下去，她就不用下樓了，她說想要下樓順便走一走。她今天看起來有點不一樣，頭上綁著頭巾，裡面好像沒有頭髮。

「妳的頭髮怎麼了？」我問她。

「我把它剃掉了。」她說。

我很驚訝：「光頭嗎？妳為什麼要剃掉？」

「因為我想看看自己的頭的原形，結果發現我的頭形還真好看。有些人的頭頂是尖的，我的頭頂上有一個小平台。」她摸著自己的後腦勺：「我的後腦勺因為小時候睡太多的緣故，扁得很誇張，有一個小水窪，如果我面朝下趴在地上，後腦勺會積水喔！」

我聽得目瞪口呆，覺得她真是個率性的人，只是為了想看頭的形狀就把頭髮剃掉。丟完垃圾，我們一起上樓。到了四樓，我停下來：「我可以摸一下妳的頭嗎？」

「當然可以啊！」她解下頭巾，低下頭，沒了頭髮，她的臉變小也變得更清秀了。我摸摸她說的那個小平台和小水窪，不到0.1公分的髮根摸起來刺刺、粗粗的。她的頭的確扁得很誇張，後腦勺有七個摔傷後留下來長不出頭髮的疤。

「妳後腦有好多疤耶！」

「我知道，我已經照過鏡子了，有七個對不對？」她邊開門邊說：「都是小時候摔的。」她進屋，我們說再見。她還是沒有邀請我進屋裡坐。

頭髮到底有什麼作用？裝飾臉蛋？還是只是避免著涼？雖然它的作用不大，但要我剃光頭髮只是為了看頭的形狀，我看還是算了吧！

「姊，樓下那個插畫家把頭髮剃掉了。」

「那個人看起來就陰陽怪氣的，她是個同性戀耶！」亮家說。

有一次我下樓準備上學的時候，插畫家腋下夾著一份報紙走上來，她的身後跟著一位年輕的長髮女孩，手裡提著豆漿之類的早點，她們微笑的看著我。她身後的那個女子並不住在這裡，只是常來，偶爾也會在上下樓時遇見。有一次我看見她們坐在公園的搖椅上共吃一份臭豆腐。

「妳好像對那個插畫家的事很有興趣喔！」

「哪有！」

我只是……只是很喜歡靠近她，跟她說話、聽她說話。當一個人喜歡另一個人的時候，是不是就是這種很想靠近對方的感覺？我很想問亮家，她和阿威談戀愛時，是不是也是這樣的感覺？

我尖叫了

鍋爐今天一大早就將一個不知裝著什麼東西的塑膠袋遞到我面前。「給妳。」

「這是什麼？」我沒有伸手去接，小心翼翼的防備著，擔心是惡作劇。

「野薑花的根，我們禮拜六去溪邊烤肉的時候挖的。」鍋爐說。

我接過來拆開沾了水的報紙，真的是一塊巴掌大的野薑花根莖。這是我收到最好的禮物了！我迫不急待想回家將它埋進土裡。

「我媽說，野薑花很好種，妳只要埋進土裡，每天多澆一點水就可以了。」

「為什麼要送我？」

「妳不是喜歡野薑花嗎？」鍋爐不好意思的說：「剛好在溪邊看到，又想起妳說妳喜歡野薑花，所以就順手挖了一塊。」

我已經忘了到底什麼時候對鍋爐說過我喜歡野薑花的，我是真的很喜歡野薑花。跟媽媽到傳統市場買菜的時候，有一個賣菜的老婦在賣野薑花，一束六枝才五十元，我都會請求媽媽買一束回家。我喜歡野薑花的白，它白得很無瑕、白得讓人感覺寧靜，它濃甜的花香，不僅不膩人，還帶給人一種飽滿的欣喜。

這一整天，我感覺到鍋爐有意無意的一直在注意我，任何一個敏感的人都會發覺這點的。有時候我會偷偷打開塑膠袋檢查野薑花根莖是否完好，猛一抬頭，就看見鍋爐對著我傻笑。

放學走出教室的時候，雨已經下得很大了，我在觀察雨勢，揣度自己的小傘怎麼遮得住這雨。鍋爐走到我身旁：「好大的雨啊！妳沒帶傘嗎？」一道閃電從遠方的天空劈下，巨大的雷聲幾秒鐘後也當頭打下，由於沒預期到這般震耳，我縮起肩膀尖叫起來，順勢往鍋爐靠近，我感覺到鍋爐的身體也直挺挺靠過來，右手輕輕的拍著我的肩膀。雷聲遠去，大雨淅瀝淅瀝的下著。我覺得有點難為情，趕緊拿出書包裡的折疊小傘。

「有啊！我有帶傘。」

「雨很大耶！妳可能會淋溼喔！這樣好了，我的傘跟妳換。」鍋爐把他的黑色大雨傘遞到我面前。

「不用了，我自己有傘。」我撐開雨傘走入雨中。我很懊惱剛剛為什麼要尖叫，以前一個人走在雨中，下再大的雨，響再大的雷，也不會尖叫。我剛才真的那麼害怕那雷聲嗎？要不然為什麼要尖叫？

雨點密集的打在傘上、地上、路邊店家的遮雨棚上，綴合成一種充滿節奏的音樂。我停下來聽了一會兒，又一個雷打下，我的心驚嚇的往上提了一下，並沒有尖叫，我明白雷只是一種聲音，它不會像招牌那樣砸在自己的腦袋上，所以我並沒有剛剛那種害怕。

為什麼獨自一個人的時候，人會自動變得勇敢，兩個人的時候，就變得不勇敢了？我好像有點明白這個道理，又無法精準的說出它的脈絡。

回到家放下書包立即到陽台，搬出那個長方形的花盆，倒進泥土，將野薑花的根塊埋進去、澆水。野薑花喜歡生長在溪流邊，或者較潮溼的地區，我在花盆底下擺了一個從魚市場拿回來的保麗龍盒，讓盆裡的泥土能一直保持溼潤。另外，我也種下幾顆阿嬤送我的九層塔的種子，以後媽媽只要走到陽台就可以摘到新鮮的九層塔做菜了。

每次踏進陽台，我都覺得滿心歡喜。整理陽台的時候，發現金橘的葉片上有三條細小的極像鳥糞的毛毛蟲，一股觸電般的恐懼立即從腳底竄向背脊再衝到腦門，我尖叫一聲，爸爸放下報紙站起來走到落地窗前。

「怎麼了？」

樓下兩個走路的行人好奇的仰起頭觀看，媽媽也跑出來。

「有毛毛蟲。」我縮到角落整個人微微顫抖。爸爸一聽到是毛毛蟲，說了句大驚小怪後，一臉不悅的坐回藤椅上看報，媽媽也頗有同感。屋裡的三個人一點拔刀相助的義氣都沒有，真是太可惡了。我漲紅著臉，壓抑著恐懼，將報紙捲成長條狀，把毛毛蟲推下樹葉，然後將黏在報紙上的毛蟲塞進垃圾袋裡。這些昆蟲還真聰明，讓小寶寶長得像鳥糞，這小詭計騙得過小鳥，卻騙不過人類。

獨自處理完三條毛毛蟲後，又發現另外一條藏在葉片的背後，我只是微微一怔，恐懼的感覺被壓抑下來的那一剎那，我的耳畔響起了兩個我對話的聲音。

我終於知道妳為什麼要尖叫了。

妳以為妳真能洞悉人心嗎？

我不是洞悉人心，我只是了解妳。

是嗎？那妳說說看，我為什麼要尖叫？

妳在尋找保護，妳知道爸爸坐在客廳，尖叫可以讓他過去幫妳。惟當身邊有人的時候，心裡的恐懼會瞬間膨脹到無限大，所以潛意識裡妳渴望被保護及呵護，尖叫正好可以顯現妳那一刻的柔弱，好讓別人伸出援手。

妳把事情複雜化了，有人在的時候，我可以很放心的表現恐懼而已。

這就對了。這就是為什麼一個人面對恐懼的時候不會尖叫。

……

所以，這種不勇敢其實是一種假象。

我只是尖叫而已，妳就說我的膽小是裝出來的，很扯耶！

要不要我再說說在鍋爐面前，妳為什麼會尖叫？

不必了。

妳有一點點喜歡鍋爐。

才沒有。妳走開，我不想再聽妳胡說八道，我怎麼可能同時喜歡兩個人。

這個我也不知道。

妳看，妳也有不知道的時候。

雨變小了，下過雨的高雄乾乾淨淨清清涼涼，舒服極了。雨後高雄的輪廓與線條變得鮮明，站在陽台就可以看見樓高八十五層的東帝士摩天大樓。高雄的雨就是這樣，來的時候又大又急，走的時候乾淨俐落，現在天空飄起小雨點綴高雄街景，百香果的幼苗長得到處都是，粉紅色的玫瑰花上沾著雨水，這一切感覺真舒服。

有這個陽台真好，阿嬤說下禮拜要到高雄來，我問她有沒有什麼種子可以帶給我？阿嬤說我的陽台小得只夠給一隻小狗伸懶腰，要那麼多種子做什麼。我覺得阿嬤真是個有學問的人，能使用這麼有趣的形容詞。阿嬤如果有機會讀書，現在一定是一個偉大的作家了。我如果告訴阿嬤這個只夠給小狗伸懶腰的小空間是我靈魂的居所，不知道她會不會懂？

「妳把時間都浪費在這些植物上，到時候沒有學校念，妳就不要問我該怎麼辦？」爸爸坐在藤椅上眼睛盯著報紙說。

誰在乎到底有沒有學校念，如果沒有任何一間學校願意收留，我就賴在家裡守著這個陽台，讓你養一輩子。

自從在陽台發現毛毛蟲之後，只要一見到蝴蝶靠近，我會立即拋下手邊的事物衝到陽台趕走牠。後來我乾脆寫了一個「蝴蝶不要來」的牌子插在花盆上，不管蝴蝶還是蛾看不看得懂，重要的是我已經做出了宣誓。姊姊說，人家養花蒔草，圖的就是能招蜂引蝶，增添生活趣味，哪有人叫蝴蝶不要來的。如果亮家接管了這個陽台，她就不會這樣說了，當她發現陽台有毛毛蟲的時候，一定會要求媽媽把整個陽台打掉。

如果我是男生

下了幾天的雨，天氣明顯的轉涼。台灣進入秋季了。

上學前先到陽台澆水，野薑花花盆裡冒出了兩個像指甲蓋般大的淡紫紅色的嫩芽，我驚呼起來，不知道如何形容自己的喜悅，但是我仍試著描述它：我每天灌溉它、注視它，心裡真誠的渴望它快快冒出新芽。有一天它真的冒出芽來了，我的喜悅不只是因為看見一株植物的生命力，而是它聽見我了。再過不久，我的陽台就會開出野薑花了。

今天的作文題目有趣極了，男生寫「如果我是女生」，女生則寫「如果我是男生」。男生們賊兮兮的邊寫邊笑，還不斷的竊竊私語，讓人懷疑他們正在傳遞一種齷齪思想，那種鬼祟的行為真讓人噁心。

誰知道男生都在想什麼？這題目看起來有趣，其實挺無聊的。

太保趁老師走出教室的空檔，搶了胖呆的作文，大聲的朗讀著：

「如果我是女生，一定是像張亮君那型的漂亮女生，有很多人追。如果我是女生，可能需要減肥，這麼胖的女生會嫁不出去的。」

全班爆出一陣歡呼聲。這個臭胖呆真是氣得嗆死人！幹麼把我寫進作文裡，這個太保真是卑鄙小人！太保做出要大家安靜的手勢後繼續念：

「如果我是女生，就可以不用當兵，很多人在當兵的時候莫名其妙死掉。如果我是女生，就不用像爸爸那樣辛苦賺錢養家，只要像媽媽一樣待在家裡看電視，那真是太好了。」

全班再度爆出一陣驚呼。

「但是，如果我是女生，晚上就不能出門了。因為黑夜裡有很多的色狼，媽媽總是不准兩個妹妹晚上出門。當女生真是太不自由了，如果可以，我還是繼續當男生好了。」

胖呆站起來搶作文簿，搶不到，坐在椅子上漲紅著臉，一副要哭出來的模樣。

「賴天保，你把作文簿還給胖呆，這樣欺負同學很沒意思。」我站起來對著太保大聲的說。

「喲！我們的亮君妹妹生氣了，莫非妳和胖呆真的爆出愛情的火花了……」太保又在耍寶了。

「太保，別鬧了，作文簿還給人家。」鍋爐也站起來說話。

連鍋爐都出面制止了，太保覺得無趣，把作文簿扔回胖呆桌上。胖呆將簿子收回抽屜裡，然後趴在桌上久久都不抬起頭來。我很同情胖呆，他不聰明，卻是個很真誠的人，有事找他幫忙，他是那種拚了命也會幫你完成的人。

他媽媽有一次到學校來，紅著眼眶拜託我們不要叫他胖呆，要叫他王賢志，因為大家一直叫他胖呆，都把他叫笨了。我們雖然都很同情王媽媽，但是，「胖呆」我們已經叫了快兩年，怎麼也改不過來。

我轉頭看阿姊，他安靜的在座位上振筆疾書，看來有很多話要說。他覺得自己是一個女生，那現在應該是在寫「假如我是男生」，但是他的身體經驗又是男生，有可能寫的是「假如我是女生」。他到底寫哪個題目呢？我真是太好奇了，走到阿姊身邊蹲下，悄聲的問：「阿姊，可不可以告訴我，你寫哪個題目？」

「我當然是寫『假如我是女生』囉！」阿姊壓低聲音將臉湊近我的臉，神祕兮兮的說：「因為我知道太多女生的祕密，這篇作文會讓我得高分。」

這種情形真是難以想像，阿姊以為的女生的祕密就真的是女生的祕密了嗎？因為他又不是真的女生。他不承認自己是個男生，但是他分明是個男生，他站著小便的時候，到底認為自己是個女生還是男生？啊！天啊！真是一團亂麻。

如果我是男生，而且是張家唯一單傳的男生，我會不會也像爸爸一樣，背負著傳宗接代的使命，把等待一個兒子當作一生最重要的事？當男生也許沒有想像中的輕鬆吧！

如果我是男生，哼，誰知道真正的男生心裡在想些什麼。寫了那麼多如果，也只是如果，明天早上起床，我還是女生。

下課的時候，我留在座位上繼續寫「如果我是男生」的作文。鍋爐過來坐在我前面的位置。

「ㄟ，妳有沒有發現一個好玩的現象？」鍋爐表情認真的說。

「什麼？」我以為他要跟我討論關於角色對換的作文內容。

「妳有沒有發現，從小學到現在，每班學生的男女比例差距愈來愈大，小學每班女生的人數都比男生多出五、六個，到了國中多更多了。」

我快速的回想一下。「嗯，好像是這樣。所以，怎樣？」

「這就是說，在女多於男的情況下，有許多女生會交不到男朋友，嫁不出去。」

「然後呢？」這傢伙到底在說什麼？

「然後……」鍋爐臉紅了：「妳要不要……要不要現在先訂一個男朋友下來，免得到時候……男生……缺貨……」

「你真是神經病，我才不擔心這個。」鍋爐到底是哪根筋不對？「你的意思……是要我把胖呆訂下來？」我想到胖呆的作文，這可能是個惡作劇。

「不是胖呆，是……我。」鍋爐用右手大拇指指著自己的胸口。

「你？」我看著鍋爐笑了起來。「不會吧！少來了，我要寫作文。」

鍋爐站起來。「我就知道妳不信，逗妳開心的。」鍋爐走出教室。

從那次麥當勞加上打雷事件之後，鍋爐對我的態度就不一樣了。眼神、舉手投足和說話的方式，就像一個靈活俐落的機器人，重重的摔了一次之後，故障了，表情變得很不自然，手腳的活動也生硬了。我不是不明白這種變化意味著什麼，自己也感覺到一些很微妙的東西在體內活動，雖無法明確的說出那是什麼，但隱約知道那是什麼。有些事要說明白，真的很累。但是，我怎麼會已經喜歡一個人了，還對另一個人有好感呢？

我愛阿嬤

阿嬤每半年會到高雄住一個月，這是爸爸求來的。阿嬤已經七十五歲了，怎麼也不肯離開花蓮搬來高雄同住，她說在鄉下朋友多不會無聊。阿嬤喜歡住在鄉下就讓她住在鄉下好了，那裡空氣好，又可以種菜，對老人家的身體很有幫助。何況兩個姑姑就住在同一個小鎮，可以照顧阿嬤。但是，爸爸覺得他完全沒有盡到做兒子的責任，希望阿嬤每半年至少可以到高雄住一個月，讓爸爸帶她四處走走逛逛。

阿嬤是個有趣的人，不像其他的老人家，一天到晚囉哩囉唆的。阿嬤常常是有話要說的時候才說話，她不會為了說話而說話。不管什麼時候看見阿嬤的臉，都會覺得她在微笑。我希望老的時候，也能像阿嬤老得這麼優雅、可愛。

阿嬤是張家的「媳婦仔」。「媳婦仔」就是童養媳，從小被收養的女孩子，長大之後就配給這家的兒子當老婆。

明末清初，從福建、廣東湧進大批的移民到台灣從事開墾的工作，當時清廷的移民政策相當嚴苛，又不准攜帶家眷，再加上偷渡的移民眾多，導致整個台灣島上，陽盛陰衰，女子稀少又珍貴。當時的移民生活窮困，往往付不起娶妻所需要的嫁妝費用，而生了女兒的農家無力撫養眾多子女，為了不花更多錢去照顧將來要出嫁的賠錢貨，就把剛出生的女兒送給有兒子的人家撫養，以減少家裡的支出。這個養女漸漸長大，不僅可以幫忙家務，還得嫁給這戶人家的兒子，成為他們的媳婦，所以，童養媳又稱為媳婦仔。這樣把剛出生的女兒送走的習俗，便隨著移民在台灣社會裡流行起來。

阿嬤說村子裡還有很多阿嬤也都是「媳婦仔」。

真是悲慘！電視上演的童養媳大多命苦得要死，天天以淚洗面，事情多得做不完也就算了，萬一長大以後，不喜歡養父的兒子，卻還是得嫁給他，甚至連一個像樣的婚禮也沒有，真是太悲慘了不是嗎？

「阿嬤，妳和阿公送做堆前，妳有佳意阿公嘸？」我不只一次問阿嬤。

阿嬤笑了。「不佳意也不行，那是自己的命。現在的查某囝仔很幸福，可以自己做選擇，妳可以不嫁，也可以嫁，不嫁也沒關係，自己一個人自由自在，嘸尪和孩子來拖磨。」

「阿嬤，妳如果可以重頭來過，又可以自己選擇，妳還會不會嫁？」

「可能不會，嫁得好就算了，嫁不好就要苦一輩子了。」

阿嬤曾經說，阿公的脾氣不太好，脾氣一來，有時候還會打人，阿嬤真是太可憐了。不過，阿嬤現在日子過得很輕鬆、很優閒，總算可以為自己活幾年。

阿嬤這次來，帶來一個很不幸的消息，她說村子後方那間土地公廟旁的大樟樹，不知道被誰趁黑夜偷偷鋸倒運走了，連廟裡供奉的石雕土地公、土地婆也被偷走了。

啊！真可惜啊！那棵樹。以前常常陪阿嬤去拜拜，她說這棵高大的大樟樹已經二百多歲，是「仙」字輩的老樹了。三年前我在花蓮過暑假的時候，曾經試著攀爬那棵樹，從樹幹到樹杈有兩個人高，我吃力的爬著，就在接近樹杈的時候，樹底下傳來一陣叫罵聲：

「死查某鬼仔，妳不能爬這叢樹仔，緊落來。」

我嚇了一大跳，緊緊的抱著樹幹，就快到樹杈了，我可不願意輕易放棄。

「妳是阿滿仔的孫女喔！緊落來啦！妳阿嬤沒跟妳講查某囝仔不能爬樹嗎？」

「歐巴桑，查某囝仔怎麼不能爬樹？」我不服氣的質問。

「妳緊落來就是啦！查某囝仔就是不能爬到土地公的頭殼頂啦！死查某鬼仔，聽嘸喔！」歐巴桑的聲音變得嚴厲起來，我五百萬個不情願的滑下樹幹，膝蓋還磨破皮了。

「妳喔！下次再爬到土地公的頭殼頂給我看到，我就要叫妳阿嬤好好修理妳一頓。」

我覺得那個歐巴桑有點莫名其妙，我只是爬樹，又不是爬到土地公頭上，土地公頭上還有屋頂擋著呢！歐巴桑走後，我走進廟裡，看著笑咪咪的土地公和土地婆。

「你們笑得這麼開心，一點也不介意我爬樹嘛！」我朝他們笑了笑。

神桌上擺著兩個聖筊，我靈機一動，拿起聖筊，雙腳併攏，學著阿嬤像不倒翁一般對著神明擺動著上身。阿嬤不管大事小事都會來問土地公，最誇張的就是，連修理屋頂這種芝麻綠豆的小事都要問神明，不知道神明會不會覺得煩？

「土地公啊！剛剛那個歐巴桑不准我爬廟旁的大樟樹，她說站在你們的頭頂上很沒禮貌，可是，你們的廟有屋頂，樹上也有樹葉擋著，我並沒有直接站在你們頭頂上啊！你們應該很明理，現在，我想聽聽你們的意見，如果你們同意讓我爬樹，就給我一個上杯。」我丟下聖茭，兩個木質聖筊蓋在地上。我連丟了三次，聖茭全蓋在地上。我心裡覺得怪怪的，土地公、土地婆真的不讓我爬樹嗎？沒關係，我明天再來問，問到你們答應為止。我堅信，丟一百次聖筊總會有一次上杯的機會。

為什麼女生就不能爬這棵樹下有廟的樹？男生就可以，為什麼？真夠莫名其妙的。我問阿嬤，為什麼我不能爬那棵樹下有廟的樹？阿嬤說，查某囝仔不乾淨，所以不能爬。

「我們哪裡不乾淨啦！」真夠莫名其妙的，我每天都有洗澡啊！

「因為咱查某人每個月都會來那個，所以不乾淨。雖然廟有屋頂，但是，妳爬上屋頂對土地公還是不禮貌的。妳想想看，就像妳雖然戴著帽子站在樹下，有個人雙腳叉開站在妳的頭頂上，妳還是會覺得不舒服的。所以，妳站在那棵樹上，雖然有屋頂擋著，還是很不禮貌的。萬一土地公生氣了，就不保佑我們了。」阿嬤慢條斯理的說，語氣聽起來好像她並不太介意我爬樹這件事，但是，內容聽來又透露著嚴肅及不可不敬的意味。

我每天都到廟裡擲聖筊，一共丟了十九次的聖筊，土地公才答應讓我爬樹。我終於爬上這棵樹，上面的視野好極了，從樹上可以看見村子裡幾戶人家的屋頂和遠處的稻田。當時我老實告訴阿嬤我爬上樹了，是土地公、土地婆同意的。阿嬤笑了起來，淡淡的說了一句：「土地公、土地婆同意就好。」

真懷念那棵大樟樹啊！

阿嬤說，雖然土地公、土地婆被偷走了，但是，村子裡的人還是每天去拜拜，他們都相信小偷偷走的只是土地公、土地婆用石頭形塑的身體，偷不走神仙的靈魂，阿嬤也相信土地公、土地婆還住在小小的廟裡，要用心看才看得到。

廁所驚魂記

今天和孟儒、宜真去逛百貨公司。閒閒的星期假日，我們喜歡逛百貨公司消磨時間。逛百貨公司最大的好處，就是可以看見流行，對於口袋裡沒有幾毛錢的人來說，逛百貨公司真是一個很實惠的娛樂和消遣。

上廁所的時候，我特地檢查了一下垃圾桶和水箱有沒有可疑的東西，聽說有一些變態會把攝影機藏在垃圾桶裡，檢查完畢正要蹲下來，隔壁傳來一個聲音：「小姐，小姐，妳在隔壁嗎？」有一個黑色的鞋尖從隔壁廁所伸過來。我嚇了一大跳，全身一陣恐怖的電流通過。我大聲的喊叫起來：「孟儒，妳們快來救我！」

我胡亂穿上褲子奪門而出，孟儒和宜真還有一個年輕的男生正好衝進女生廁所。我指著發出聲音的廁所：「裡面有一個人把鞋子伸過來。」那個男生很有正義感的敲著廁所的門說：「出來，你給我出來。」十幾秒鐘後，廁所的門打開了，走出一位年約三十歲穿著花裙子的女人，她很不高興的說：「你們在幹麼？」

那個年輕的男生發現是一場誤會，聳聳肩膀就退出女生廁所了。原來，那個女人是要問我有沒有衛生棉，又不確定我是否就在隔壁間，才會把鞋子伸過來確定一下，誰知道我怎麼這麼神經質，以為她是色狼。

呼！誤會一場。上一次廁所，好像上戰場一樣。

我拿出備用的「小土司」給她。她接過去說了聲謝謝，說自己也沒有想到好朋友會提前十天來。我說，誰都會有不方便的時候。

如果出門忘了帶土司，還好街上有很多女生可以借。當有個女生跟妳借土司的時候，應該慷慨大方的出借，至於她是否可以還，就真的一點也不重要了。

孟儒說我真是緊張過度了，宜真也說電視新聞有報導，現在又有一些變態，拿著可以透視的攝影機在街上拍女生，可以清楚的看見女生的裸體。

「真是變態！」孟儒生氣的說。

「也許我們應該去訂做一套盔甲，以後出門都穿著，讓那些變態看個屁。」宜真也忿忿的說。

「真討厭，這樣的環境教女生怎麼過日子？」我說。「為了防止被偷窺，穿盔甲裝不是更大的折磨嗎？當女生真是可憐呢！」晚上和姊姊一起洗澡的時候，我告訴她這件事。姊姊不以為然的說：「看來看去不就是這兩點嗎？我才懶得理那些變態呢！」

但是，但是，就這兩點我也不想給那些變態看啊！

親眼目睹

一椿強暴未遂案

上午孟儒打電話來，說她們在陽台放了兩顆切片的柳橙，沒多久就飛來兩隻白頭翁，他們全家都欣喜欲狂，因為不用出門就可以在家裡賞鳥了。我聽了很心動，打開冰箱拿了兩顆柳橙，切成十六小片，用硬紙板盛著擺在陽台上，把作業搬到客廳茶几上寫，望遠鏡也擺在桌上備用，開始做著不用出門也可以賞鳥的美夢。

兩個小時過去了，大半天過去了，連隻麻雀也沒看見。倒是來了一列令人頭皮發麻的螞蟻大軍，還有兩隻墨綠色背上有白點的花金龜。本想趕走牠們，因為這是給白頭翁準備的。但是，看牠們吃得高興，也不好趕走牠們，否則就顯得我這個主人太小器了。花金龜把整個頭栽進柳橙裡，拚命的吸著柳橙的汁液，看來牠們是很久沒享用水果大餐了。沒多久，花金龜的數量已經增加到五隻。小鳥沒盼到，盼來一群花金龜也算是一種意外之喜。

到了中午，我再去看的時候，嘿，一隻花金龜騎在另一隻花金龜背上，牠們在交配耶！我真是開了眼界，交配行為持續了三、四十分鐘之久，有一隻花金龜不知是嫉妒還是怎麼了，鑽進柳橙底下，一副要推翻柳橙的架勢，讓這對「新龜」的好事倍受折磨。

媽媽去書局，亮家在圖書館，我一個人在家，她們真是太沒有眼福了。為了觀察這群花金龜，也為了能區隔牠們的性別，我用修正液在牠們的背上以點做記號，並為牠們取了名字，為了不讓自己搞混，我拿筆記本記下：

兩點：長腳（新郎）

右側翅膀兩點：小花（新娘）

屁股上兩點：小綠

屁股上一點：小龜

背上四點：小金

下午三點多，另一場好事也上演了。

水果拼盤上只剩下小龜、小綠和長腳。小龜幾次爬上小綠的背上，討好般的親著牠的背，小綠不予理會，只是將頭埋進柳橙裡享受柳橙大餐。小綠有幾次揮動牠的長腳想把沒有禮貌的小龜從背上趕下去，卻怎麼也趕不走。小龜急躁的在小綠的背上兜圈子，小綠依然對牠不理不睬。最後，我真的不敢相信自己的眼睛，我親眼目睹小龜用腳把小綠從柳橙裡拉起來，小綠氣急敗壞的在柳橙上疾走，小龜緊緊的扒在小綠的背上，從尾部伸出性器抵住小綠的小屁屁，由於小綠的屁屁上有一片硬殼，那片硬殼得向上翻縮進身體裡，小龜才可以進入。小綠怎麼也不肯就範，繼續在柳橙上快走，最後導致小綠和小龜從柳橙上摔下來，小綠趁機脫離小龜的魔掌，氣呼呼的飛走了。

小龜歷經兩個小時的努力還是得不到小綠的青睞，沮喪的飛到右邊鐵窗的一個小角落躲起來，反芻牠的失敗。

小花不知何時飛走了，水果拼盤上只剩下長腳和小金。天暗下來後，長腳和小金也陸續飛走了。不知道牠們晚上都住在哪兒？牠們可以留在我的陽台的，我一點也不介意。

吃晚餐的時候，我花了很長的時間述說這件強暴未遂案。

「真神奇，連昆蟲也這麼不尊重女生。」亮家說。

「真可惜，早知道我就不去書店喝……花茶……」媽媽看爸爸一眼，差點兒把她喝咖啡的事給洩漏了。爸爸不准她去喝咖啡的，他覺得懷孕期間喝咖啡會生出黑皮膚的寶寶。「也許就可以和小君一起觀察花金龜的生態了。」

爸爸沒有說話，只是悶著頭吃飯。他今天心情好像不太好。

今天如此驚人的發現，居然就這麼兩句話草草帶過，真教人沮喪，我的家人怎麼一點文化素養也沒有！

隔天醒來的第一件事就是到陽台看花金龜，水果拼盤上有長腳、小龜、小金，還有兩隻新來的。小花今天沒有來，剛剛當上新娘的牠，一定是待在家裡洗衣服或是準備嬰兒房。小綠也沒來，牠可能一輩子都不會來了……唉，這個傷心地。

我打電話給孟儒，告訴她我的觀察。

「花金龜的身體構造真特別，如果女生的身體構造也有這樣的設計，就不會有所謂的強暴事件了。」我說。

「古時候不是有那種貞操帶嗎？」孟儒說。

「喔，天啊！那種貞操帶，女生要怎麼上廁所啊？」

「是啊！當女生真可憐，人不如龜喔！」孟儒下了結論。

下午鄰居因為要鋪新地板，鑽地的聲音和漫天飛揚的灰沙，讓花金龜們消失得無影無蹤。媽媽要我把剩下的柳橙全扔了，因為螞蟻大軍很快就會攻占我們家的客廳，到時候就麻煩大了。螞蟻們來來去去，如果柳橙可以扛著走，牠們早扛走了，也不用這樣輪流來吸食。我朝螞蟻們用力的吹了幾口氣，螞蟻慌亂的撤離，直到柳橙上沒有螞蟻了，才把有點乾枯的柳橙扔進垃圾袋裡。

螞蟻們，真是抱歉了，實在不是我小器，是我媽說你們不適合待在這裡，讓我們倍感威脅。如果你們能夠答應我只在陽台活動，或許我可以考慮留下這些柳橙。

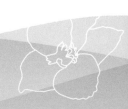

校園性騷擾事件

這個世界的災難真是此起彼落，女生的災難永遠要比男生多的多。暑假才結束，新學期剛剛開始，學校就爆發了一件天大的事。八年七班一個叫作楊慧文的女生，向媒體公開控告體育老師對她性騷擾。

這件事在一個月前就已經有耳聞了，楊慧文的表妹在我們班上，她說學校為了息事寧人，一直不對整個事件做處理，反而不斷的藉著安撫楊慧文，希望讓這件事落幕。但是，楊慧文漸漸出現精神不穩定的狀態，她的媽媽才決定將這件事公開，要求學校給一個公道。楊慧文的媽媽轉述，體育老師以整理球具為藉口，單獨將楊慧文留在室內籃球場，在更衣室裡強吻及擁抱楊慧文。

這真是太恐怖了，還好我們的體育課不是那個老師教的。那個老師一天到晚戴著墨鏡，尤其是游泳課的時候，誰知道那對藏在黑色鏡片後面的眼睛，流露出什麼不軌的眼神。

這件性騷擾事件透過電視新聞、報紙報導出來後，學校變得熱鬧起來，有很多記者進進出出，校長、八年七班的導師，及教務主任都接受過記者採訪，還有楊慧文的媽媽也聲淚俱下的替女兒抱屈：「我希望學校還我女兒一個公理，我女兒在學校裡求學，你們非但沒有提供一個安全的學習環境讓她接受教育，反而讓她受到這麼嚴重的傷害，傷害既然已經造成，學校居然也沒有出面為她討回一個公道……」

「以後盡量不要單獨跟男老師在一起，如果情況真的非得如此時，一定要保持距離，隨時提防才行，一旦察覺不對勁要趕快離開。」媽媽在一旁對我和亮家說。

「這種老師畢竟是少數。」爸爸說。

「就算只有一、兩個就很嚴重了。」媽媽誇張的說。

「這個體育老師看起來很斯文啊！也許是那個女生勾引老師不成才誣陷他的。」爸爸說。

「你們男生就是這樣，偏袒罪犯好掩蓋自己心裡齷齪的想法。」亮家又發飆了。

「什麼齷齪的想法？」爸爸的臉色也變得鐵青。

「男生不就這樣，總是找機會占女生的便宜，沒被抓到心裡就暗爽，被抓到就矢口否認到底……人家已經被欺負了，你還這樣說風涼話……」

「張亮家，妳最好給我搞清楚，我是妳爸爸……」爸爸氣得全身發抖。要不是媽媽挺著大肚子拉著他，他很可能會揍亮家一頓的。

真佩服亮家，她一點都不怕爸爸，這麼激烈的爭吵後，仍能若無其事的繼續坐在客廳看新聞。

關於楊慧文被性騷擾的事件持續發燒著。但是，今天我聽到班上同學在討論，說楊慧文是因為暗戀那個體育老師，故意捏造這件性騷擾的謊言；也有人說，楊慧文長得一點也不漂亮，體育老師沒有非禮她的理由；還有人說，這根本就是一場師生戀，楊不甘心被老師拋棄，所以故意放話報復。

這好像是一場一個人面對千百個人的戰爭，這個人一旦宣戰，她就得站在最前線挨子彈，除非她已經穿妥了萬箭不穿的戰袍，否則是禁不住來自四面八方子彈的攻擊的。不知道事情怎麼會演變成這樣？到底是什麼人讓被害人在這個事件當中受到二度傷害？很多女生說著一些很刻薄、很尖銳的話中傷楊慧文，這些女生有沒有想過，如果有一天這種倒楣的事發生在自己身上，是否承受得住這漫天的八卦和謠言？女生應該要團結起來才對呀！我真替楊慧文覺得難過，很想哭，怎麼也想不透，這些女生為什麼不站在女生這一邊？

那些記者真的很厲害，不知從哪裡打聽到體育老師的地址，守在他家門口，終於拍攝到他走出家門的畫面。體育老師面對記者的時候，緊抿著嘴脣，一句話也沒有說。

整個事件變得撲朔迷離。體育老師到底是不是色狼？還是在裝無辜？

據說，動物演化的過程是門深奧的學問，聽說以前長頸鹿的脖子和馬的一樣長，為了要生存，所以就長長了脖子；有些蝴蝶為了避免被攻擊，就在蝶翼上長出一對大眼睛，好嚇走想要攻擊牠的敵人；還有一種毒青蛙，牠的背部有著搶眼的景泰藍顏色，讓看見牠的人忍不住想要去摸牠或抓牠，青蛙並不急著逃走，因為牠全身布滿了毒液，如果有人摸了牠之後，再摸到自己的眼睛或嘴巴，立刻就會中毒。

為什麼女生經歷這幾千年的性別弱勢、受了這麼多的傷害後，在身體的構造上不會進化成一個跑得很快、力氣很大，一拳就能夠把那些輕薄男子打倒在地的新女性，好讓自己可以在整個大環境裡取得優勢？或者也像青蛙那樣，憑著自由意志分泌一種毒液，讓那些變態男子在摸了女生之後，立即毒發身亡；或者在面臨危險的時候瞬間變化成黑色、咖啡色、其他亂七八糟恐怖的顏色，讓色狼看了害怕而逃走；又或者吐出來的口水接觸空氣之後，會變成硫酸；要不然就讓女生擁有像花金龜這樣的構造，只要女生同意，那扇神祕的門就會自動開啟，若女生沒有點頭，就算男生力氣再大，也永遠不得其門而入。

噢，天啊！再想下去，我就真的無法呼吸了。嗆死人了。

人類停止進化很久了，進化的是科技，但是現代科技可以幫助或改善女生所處的劣勢環境嗎？

這件校園騷擾事件已經夠嗆了，我們班上的男生又製造了另一個更嗆的事。他們真是噁心到極點了，上個周末晚上聚集在小虎家看A片看到三更半夜。這本來是男生們的祕密事件，但是隔天，林昌文到學校後，一直在說低級的黃色笑話，還扭著屁股對女生做出很不雅的動作。他得意的透露他們看A片的事，A片裡的女生美得沒話說。我真的很想把林昌文揉成一團塞進馬桶裡沖走，怎麼會有這麼噁心的人？

我覺得A片很噁心，那些看A片的男生更噁心。只有色情狂才會去看A片。對於班上的男生都是色情狂這件事，我覺得很遺憾。

下課的時候我走出教室，鍋爐追了出來。「我本來就沒準備要去，太保硬拉我去的。」

「那是你的事，幹麼跟我解釋？」我心裡也挺生氣的，原來鍋爐和那些噁心的男生沒有兩樣。

為什麼男生和女生在心理和生理構造方面會有這麼大的不同？這些男生是怎麼回事？說黃色笑話、做出不雅的猥褻動作，或者摸一下女生的屁股就會很快樂嗎？真是莫名其妙！

依我看，這些色瞇瞇的男人根本就是未進化成功的猿人，有他們存在的地方，這個號稱文明的世界，就是另一種野獸叢林。

誰來付帳

亮家和阿威分手了，雖然是亮家自己提出來的，她還是哭得死去活來，還說分手畢竟是件很痛苦的事。亮家說，阿威太博愛，她實在無法承受。阿威腳踏兩條船和別校的一個女生交往，要不是亮家無意間發現兩人往來的情書，她永遠都不會知道。

亮家和阿威分手後，阿威拿出一張列著各種明細的帳單要姊姊付帳，其中包括送姊姊的鞋子、情人節禮物、到劇場看戲的開銷，都要姊姊還他一半的錢，加起來的總合超過兩萬元。姊姊哪來的兩萬元？

「男生占盡所有的好處，為什麼不讓他付帳？」姊姊總是這麼說。她今天終於為自己說的這句話付出代價了。

我真懷疑，是不是談戀愛的時候所付出的真心和金錢只是一種預付的租賃，等到愛情結束後，租賃關係也就結束了，這時候你就得收回或償還這段時間所付出或得到的所有利益？如果真是這樣，這個社會就實在太畸形了。因為那樣做等於否定了當下的真心了。

男生女生在談戀愛時，到底誰占便宜誰吃虧？

姊姊簡直是氣得嗆死了：「那有這麼小器的人！當初我有叫他送這些東西嗎？自己心甘情願送的東西，為什麼到頭來要我付費？真是莫名其妙。我一毛錢也不會給他。」

「姊，妳還是給他好了，要不然他也許會拿刀砍妳耶！」我想到最近接連幾件女生對男友提出分手卻被砍死的事件就不寒而慄。

「絕不。」姊姊堅決的說。

姊姊寫了一封信給阿威，告訴他：「如果你能還我戀愛當初的我的真心，我就把你要的東西統統寄還給你。」

真心如覆水難收啊！姊姊真倒楣，交到這樣的男朋友，她的眼睛給蛤仔肉糊到了。可是，男女朋友在交往的時候，誰也不會知道彼此在面臨分手時，會露出怎樣的一張臉。電視新聞也常常報導，當初愛得要死要活，分手之後，因為不甘損失，潑對方硫酸，或者把對方砍成重傷，這真是太可怕了。

如果在談戀愛時，能遵守公平原則，各付各的帳，到時候真的分手了，也沒有誰吃虧誰占便宜的糾紛。如果有一天我和誰談戀愛，關於所有的費用，我一定堅持要各付各的，免得招惹麻煩。

接下來的幾天，亮家為了躲避阿威電話騷擾，住進她同學小琪家。爸爸在家裡擺了三天的臭臉，他懷疑亮家和別的男生同居。

「妳打電話到小琪家問問看，妳姊姊是不是真的在那裡？愈來愈不像話。」爸爸生氣了。「生妳們這些穿裙子的有什麼用，惹我生氣而已！」

晚飯過後，媽媽說她腰痠背痛，我幫她按摩肩膀時，發現媽媽後腦勺有一些白頭髮。我告訴媽媽，她聽了好像有點震驚，要我把白頭髮拔掉。我拔了一小撮，有些白髮居然白得發亮呢！

「為什麼白頭髮不像落葉，枯了就自動落下？」我說。

「樹葉枯了落下，春天來的時候會再長出新葉，人老了，頭髮如果變白了就自動落下，那麼每個老人家不都變成禿頭了。老了真是一件可怕的事。」媽媽說。

「妳這哪叫老啊！妳才準備要生寶寶咧！」我安慰媽媽。不過，我實在無法想像自己四十三歲的時候會是什麼樣子。四十三真是一個恐怖的數字，它表示妳會開始長白頭髮，臉上的皺紋會愈長愈多，話愈說愈嘮叨，倒楣的話，還得懷孕讓別人取笑老蚌生珠。

半夜苦讀

我決定要去讀農校，做一個園藝專家。也許我可以買下一塊地，在上面種滿花，或幫別人設計庭園，也許等長大後就能夠搬回阿嬤家，花蓮一定比高雄涼快一點。

吃晚飯的時候，我把自己的想法告訴圍坐在餐桌上的家人。爸爸悶著頭吃飯沒有說話。

「女孩子做那樣的工作太粗重，不適合吧！」媽媽說。

「我覺得小君很適合跟園藝相關的工作，因為她一天到晚窩在陽台，高興、生氣都在那裡，那些綠色植物可以安撫小君的心。」姊姊說。

還是姊姊了解我。我看了一眼爸爸，爸爸瞄了我一眼。

「女孩子念農校將來沒出路，念不出什麼名堂。」爸爸說：「種花娛樂生活還可以，要當事業，不是妳想像中的那麼簡單。何況現在經濟不景氣，農業都要求用科技來經營，妳要在這種環境下從事農業，搶得到飯吃啊！」

我和姊姊把視線從爸爸臉上移開，一眼也不想再看他，這是我預料中的反應。姊姊國三的時候，一心一意要讀美工繪圖，但是在爸爸強權壓迫下，姊姊放棄她的夢想考上高雄女中，開始為念大學準備。

「這個社會為什麼一定要『搶』才有飯吃啊！樓下的插畫家不是很優雅的畫圖賺錢，根本就不用搶啊！那我去學美工好了。」我說。

「你有沒有自己的主見啊！看別人做什麼就想做什麼。」爸爸將捧著碗的手擱在桌上看著我說。

算了，我不想說了。幾分鐘前不是已經發表過我的主見，被你否定了，你忘得還真快。

「媽，妳送的桂花已經開花了耶！好香喔！我把它照顧得好極了。」我轉移話題。

「什麼桂花？我那有送妳什麼桂花啊！」媽媽轉頭看著我說。「誰送的？」

「喔！」不是媽媽送的，當然也不會是小器亮家送的，那是……我用眼角瞄瞄爸爸，心裡猶豫著到底要不要說謝謝爸。看爸爸一副完全跟他無關的表情繼續吃著飯，我想還是不要說吧！有些事心裡明白就好。

「聽說桂花喜歡洗三溫暖，忽冷忽熱的氣候一交替就會開花，真的耶！這幾天天氣變冷了，它就開花了。」

我只是覺得送盆栽的人有權利知道桂花為什麼開花。

為了明年的升學，全世界的人都睡了，只有我醒著。為了讓自己保持清醒，我把窗打開，秋夜的風涼颼颼的，不知哪戶人家的打鼾聲也跟著竄進來。

頻率一致的鼾聲，是深沉睡眠的印記，為了能睡一個飽飽的覺，我願意在一夕之間長大，用我青少女時期去換一個深沉的睡眠。

敞開的窗讓我感覺不安，當我望向漆黑的窗外時，都會幻想貞子的頭緩緩的從漆黑的夜裡顯影，然後伸出手攀住鐵窗，正想鑽進我的房間……我「刷！」的一聲把窗戶關上。夠烏煙瘴氣的，真後悔去看了那部噁心到極點的鬼電影。

可憐的中學生，永遠不能想睡就睡，總是有一卡車的試要考。不知道教育部是怎麼回事？這麼多的人在那裡上班，居然找不到一個真正能讓中學生快樂成長的教育方式。把我們當實驗室的白老鼠，今天學力測驗，明天可能又要恢復聯考，後天也許又要變成憑藉三年成績的總和分數申請學校。

如果我這本日記本有幸可以傳世，後來的人一定不知道什麼是「學力測驗」。學力測驗這個名稱就足夠他們在大學裡開一門課，好好的研究一番，他們還會以為這是個可以效法與跟隨的教育方式呢！為了以後的莘莘學子著想，我應該在死掉前，把這些日記本給燒毀。

樓下的貓忽然淒厲的叫嚷起來，牠一定是給誰踩到尾巴了，才會叫出那樣讓人起雞皮疙瘩的聲音。那隻神出鬼沒的壁虎，不知躲在哪個牆角用渾亮的叫聲叫著。

我的耳朵敏銳得像順風耳，遠處細微的聲音都聽得清清楚楚。有人在巷口打手機，更遠的地方，有一個人的鬧鐘響了很久，是什麼不幸的人得在半夜兩點起床？鬧鐘的主人好像睡死了，鬧鐘鬧成這樣還不醒來？樓下的嬰兒又在啼哭，那個年輕媽媽不停的說著些什麼哄著她的寶寶。可憐的媽媽和可憐的中學生，被迫半夜醒著去完成什麼，我完成了中學還有高中三年等著，她得熬過這兩、三年等嬰兒長大才算解脫。也許，兩年後她又生了一個，那距離能夠睡一個好覺的日子，還遠著呢！我看以後還是不要生孩子吧！要我長大後的日子還得犧牲半夜的睡眠，那我可不幹。

我的眼睛覺得睏倦了，今天真的無法專心看書，一個字也看不下去，為什麼考試題目不能做得像問卷調查那樣有趣？我打了個大呵欠，再也撐不下去了，就算明天的小考拿鴨蛋，我也不在乎，我要去睡覺，去你的考試！

我打開房門準備先上廁所，卻發現媽媽坐在客廳看電視。媽媽的肚子已經八個多月大了，因為肚子實在太大，壓迫感讓她睡不著。從廁所出來，我坐到媽媽身旁。

「妳又睡不著喔！」

「我覺得喘不過氣來，胃被子宮壓迫得很難受。」

「妳很緊張嗎？」坦白說，是我自己覺得好緊張。我一直很擔心媽媽要臨盆了會來不及趕到醫院，我覺得媽媽此刻就應該住進醫院比較安全。

「是有一點。妳明天要考試嗎？看書看這麼晚。」

我現在才發現媽媽變得好醜，好像一下子老了十歲，整個身體就像氣球一樣，變得很虛幻、很不真實，一張臉不僅變得圓胖，長了許多的痘子，還有一些看起來像是雀斑的斑點。這個世界真不公平，女人是在孕育生命的奇蹟啊！這是一件多麼美麗又美妙的事情，但是，老天爺卻讓一個懷著孩子的媽媽變老又變醜，真是太不公平了！這樣還有哪一個女人願意去生孩子呢？

媽媽摸著她的大肚子嘴角帶著笑意說：「很難想像喔！十四年前，妳還躲在我的肚皮裡呢！現在都長這麼高大了。」

媽媽每次都會用這種懷舊的口吻說我和亮家小時候的事。媽媽說我五歲時玩飲水機，讓客廳鬧了一次小小的水災，嚇得縮在椅子上哭。還說我兩歲時在玩具店抱起一個布娃娃就一直親個不停，整個布娃娃的臉都溼透了，媽媽只好買下那個布娃娃。小學的時候還挺愛聽這些事的，媽媽說五百遍，我就得到五百次的樂趣。但是，現在我已經沒那麼愛聽了，感覺上，做父母的都這樣，希望孩子永遠不會長大，永遠停留在看到飛機就又跳又叫的年齡。

「媽，妳去睡覺吧！這麼晚了。」我擔心如果自己先去睡了，變成兩倍大的媽媽無法在沒有人協助的情況下從沙發上站起來。我把媽媽扶起來，送進房間。

回到房間，爬上床鋪，想到再過一個半月媽媽就要生了，答案即將揭曉。我虔誠的禱告：送子娘娘，妳就發發慈悲送給我們家一個弟弟吧！

阿妹的悲歌

班上的同學最近真是多災多難，班長萬能騎腳踏車上學途中被一輛疾駛而過的汽車擦撞，一隻腿骨折，現在還躺在醫院裡。接著太保和隔壁班的同學因為在走廊上擦撞到肩膀，而大打出手，兩個人被記了兩個警告。然後是阿姊，他和九班那個叫阿賢的男生在廁所做了一些親暱動作時被老師發現，學校做出強制轉學的處分。這件事在學校傳開，阿姊已經好幾天沒來上課了。

阿姊是同性戀的事大家都心照不宣，我們都喜歡阿姊，所以大家都能接受他喜歡男生這件事。而且，這根本是個人的感情事件，誰也沒有資格去做評論，更不是一件錯事，得用「退學」這麼嚴厲的方式處罰。學校當局是怎麼回事？對於棘手的事就一腳踢開了事嗎？

「我們到校長室去抗議。」鍋爐在班上提議。「我們不能讓阿姊被退學。」

「我贊成。」我說。「阿姊又沒有做錯事。校長不能因為自己不吃榴槤，就把在學校吃榴槤的學生給趕出校園，這樣的做法實在太霸道了。」

「跟校長抗議？這樣不太好吧！」宜真說。「阿姊的爸媽不抗議嗎？」

「妳有沒有一點同學愛啊！」鍋爐瞪了宜真一眼。

「阿姊發生這樣的事，我覺得轉學對他比較好，要不然回到學校還要面對那麼多異樣的眼光，他受得了嗎？」宜真說。

「我也覺得轉學對阿姊比較好。如果是我，這個學校我一分鐘也待不下去。」歐偉俊說。

「但是，我們總要表示對阿姊的支持，讓他在這個時刻不會太孤單。」林淑麗說。

「要不要跟班導商量一下？」宜真說。

「班導可能會反對，他希望我們盡量不要給他惹麻煩。」太保說。

「我們可以表達我們對這件事的看法，如果校長不接受，大家再想別的辦法。」鍋爐說。

最後的結論是，送一份全班簽了名的抗議書交給校長，希望他收回對阿姊強制轉學的決定，至於阿姊要不要繼續留下來讀完這最後的半學期是阿姊的自由。

有點麻煩的是，這份抗議書的內容落在我的頭上，我必須在今天晚上寫好。雖然覺得有壓力，但是我還是很高興能為阿姊做這件事。

晚飯過後，我打了一通電話給阿姊，希望給他打打氣，並告訴他我們準備向校長抗議這件事。但是，阿姊的母親說他身體不太舒服已經睡了。

我寫了很多版本，都寫不好，亮家說抗議信要寫得簡潔有力，最好是正中學校要害，這樣學校才會反省。我問亮家可不可以幫我寫，她很爽快的答應了。她塗塗改改的寫到半夜兩點才完成。

校長抗議書

關於八年十一班李大為因為他的同性戀行為而被學校強制轉學一事，我們全班同學對學校表達強烈的不滿。

如果校長您根本不愛吃蘋果（我是說「如果」，因為我也不知道您到底愛不愛吃蘋果，總之您一定也有不愛吃的東西，您只要把蘋果換成您不愛吃的那樣東西就可以了），而有人強迫您一定要吃，您也一定會覺得很不合理，同時感到痛苦。同理可證，李大為他喜歡男生還是女生，就跟您愛不愛吃蘋果一樣，根本不關他人的事，何罪之有？

國家提供孩子們教育的機會，除了獲得知識之外，不是也要學習如何包容別人嗎？如今學校當局卻做出嚴重的錯誤示範，沒有寬容對待每一個學生，況且一個人勇敢的追求自己的愛情並不是一件錯事，為什麼他得不到一個合理的對待？學校做出的決定，我們八年十一班每一個人都覺得痛心與難過，學校正在寫校史，目前在學校裡的一千五百多個學生，都會記得那年秋天，學校殘忍的將一個沒有犯什麼錯卻只是和別的學生有點不一樣的男學生趕出校園。不管我們長到多大，二十歲、四十歲、五十歲的時候，我們仍然還會記得這件事，也會記得當年的校長是誰。

請學校收回強制轉學的決定，並向李大為道歉，以安撫他已然受傷的心。

八年十一班全體同學敬上

「姊，我覺得一點也不像我的程度，而且信裡充滿威脅，校長一定會生氣的，他要是惱羞成怒連我也要強制轉學怎麼辦？妳還要學校跟阿姊道歉，這很恐怖耶！」我真後悔請亮家代筆。

「這才叫抗議信，妳寫一些軟趴趴的東西，無關痛癢，學校還以為你們在玩家家酒呢！」亮家說。

「可是這樣妥當嗎？」我真的很擔心。

「放心啦！學校不會對你們怎樣的，我要睡了。」亮家打了個好大的呵欠。

我想要重寫，但是，我的意識已經被周公打敗了。

懷著有點緊張的心情到學校，一邊擔心同學們會不會接受這份抗議書，一邊擔心校長會不會太生氣，非但不讓阿姊回到學校，還記我們一個小過。

我一進教室就看見同學們在哭，孟儒也在哭，鍋爐的眼眶紅紅的。

「怎麼了？發生什麼事？大家哭什麼啊！」我走到孟儒身邊問。

「阿姊昨天晚上跳樓自殺，死了。」孟儒哽咽的說。

阿姊跳樓自殺！「什麼時候？」

「昨天晚上八、九點的時候。」

阿姊死了？怎麼……昨天晚上七點半我還打電話給他，他媽媽說他睡了。難道那時候阿姊就躲在房間裡面策畫自殺？如果當時李媽媽願意叫阿姊來聽電話，然後告訴他我們都站在他那邊，並準備向校長抗議，阿姊是不是就不會跳樓了？我也哭了，如果昨天我堅持要阿姊來聽電話，他也許就不會跳樓了。

這個爛世界，讓我們失去了阿姊。我們還是決定把抗議書送到校長室，一個錯誤的決定害死了一個年輕的生命，我們期待這種事不要再發生。

我們在校長室淚流滿面的說阿姊是一個很有才華的才子，他的漫畫畫得好極了。校長一臉無奈的看著我們，沒說半句話。我不知道他是不是內心有愧，會不會覺得自己其實是一個兇手？

阿姊的位置空蕩蕩的，一個活生生的人就這樣消失了！

不是每一個中學生都可以平安順利又快樂的成長，如果每個老師都擁有對學生不同性格與性向的包容力，這個世界的悲劇會少一些吧！若所有的人都有包容力，這樣阿姊就不會死了。他的與眾不同會被溫柔的對待，也就不會推開窗從十二樓往下跳。

阿姊，你有勇氣從十二樓往下跳，為什麼就沒有勇氣活下來對抗所有不公平的事？這是一種挑戰不是嗎？挑戰很好玩的，那就像是一種闖關遊戲。

再見了，阿姊！希望你再次投胎的時候，會是一個如假包換的美麗姑娘。

喂，穿裙子的！

我今天又做了一件超級蠢事，在鍋爐、太保和孟儒面前，我發飆了。中午，我們幾個好朋友在左營大路的麥當勞幫鍋爐慶生，氣氛一直很愉快。吃完炸雞，鍋爐說要請我們到他家，親自烤玉米給我們吃。鍋爐的媽媽就在中正堂附近的小吃街擺了一個烤玉米的攤子，專門賣給那些看一場六十元電影的人。

我們才從左營大路彎進必勝路，就聽見有人在背後用響亮的聲音喊了一句：「喂，穿裙子的！」

我們四個人都回過頭去，我穿牛仔褲，鍋爐和太保是男生，不可能穿裙子，孟儒穿了一件過膝的暗紅色的裙子。隔壁班的方文孝跨在單車上，笑嘻嘻的看著我們。

等等，我沒聽錯吧！他用「喂，穿裙子的！」稱呼女生嗎？一股怒氣瞬間成形，我轉身衝到他面前，指著他的鼻子吼著：「你為什麼叫孟儒『穿裙子的』？她沒有名字嗎？你很過分耶！怎麼可以叫女生『穿裙子的』，真是太過分了。」

方文孝一臉原本燦爛的笑容僵在臉上，他尷尬的看看孟儒說：「請妳不要誤會，我只是不太好意思叫她的名字，所以……我沒有惡意……」

「亮君，妳幹麼這麼敏感，他只是想把孟儒和妳區隔開來而已。」太保說。他一臉不解，我為什麼會為了一句聽來無關緊要的話發飆；鍋爐也一臉錯愕的看著我。

「亮君，沒關係的啦！這根本就沒什麼……」孟儒拉著我要我不要生氣，又不是叫我。

孟儒看起來有點不高興。是啊！又不是叫我，幹麼這麼生氣！

「如果妳覺得不舒服，我跟妳道歉。對不起！」方文孝的笑容消失了，換上一臉的難堪。

「張亮君反應過度了，沒事了。」鍋爐說。「方文孝，要不要一起去吃烤玉米？」

「你們去就好了，我要回家了。」方文孝跨上單車用很快的速度消失在我們面前。

「亮君，妳到底怎麼了？很衝耶！」太保有點生氣的說。「妳讓方文孝很難看耶！」

雖然我也覺得自己的風度太差，但是聽到那句話真的是太生氣了。

「喂，穿裙子的！」兩年前，爸爸花了半年的時間才真正戒掉這句口頭禪，我以為這輩子再也不會聽到這句話了。聽了十幾年，就算心裡不高興，因為是爸爸所以不敢大聲反抗，算方文孝倒楣好了，我把這十幾年來的氣全出在他身上了。

「我要回家了，你們自己去吃烤玉米。」孟儒冷冷的說完這句話後就頭也不回的走了。我們三個人在原地呆愣了三十秒，也決定各自回家。

鍋爐臨走前對我說：「那句話根本沒有什麼意思嘛！妳為什麼這麼生氣啊？」

我走向公車站牌，遠遠的就看見孟儒還在那裡等車。我覺得很對不起她，方文孝寫過幾封情書給她，而她對方文孝也很有好感。今天如果我沒有搞砸的話，方文孝可以跟我們一起去吃烤米，這可能是他和孟儒第一次的約會。但是，被我搞砸了。我讓他難堪，也等於讓孟儒難堪，我得跟孟儒道歉。

孟儒看見我正往她那兒走去，公車也不等了，直接往鼓山的方向走去。

孟儒真的生氣了！

我覺得好嗆！一種不知怎麼說出口的為難堵在胸腔，嗆死了。

一直到今天，我才發現自己有多麼憎恨這句話！但是，我真的不願意在別人面前批評自己的父親。孟儒、鍋爐和太保一輩子也不會了解這種心情的，就讓他們誤會我是一個壞脾氣又無理取鬧的女生好了。

孟儒已經三天沒有和我說話了，這是我最感到痛苦的事。沒有孟儒的日子，我覺得很孤單、很無助，也很失落，每天都不想起床、不想上學。我和孟儒從小學到國中這麼多年的好朋友，這份友誼眼看就要完蛋了。鍋爐曾經試著要化解我們之間的冷戰，都因為孟儒不願意原諒我而宣告失敗。也許，我應該告訴孟儒關於「穿裙子的」的故事，讓她了解我不是因為嫉妒，也不是無理取鬧，只是有人踩到我心中的地雷了。

我寫了一張小紙條，走到孟儒的座位前遞給她：「給妳。」她沒有接，我放在她攤開的課本上。我暗自祈禱，孟儒，一定要打開來看，看了妳就會了解我為什麼會這麼生氣了。

第二節下課，孟儒來到我的座位旁，朝我的肩膀狠狠的拍了一下：「妳應該要早一點跟我說的，害我這幾天過著生不如死的日子。」

我們相視而笑！像我們這麼深厚的友誼，是不會輕易就被瓦解的。

孟儒是家裡最小的女兒，上頭有三個哥哥，她是全家好不容易盼來的小公主，每個人都把她疼進心坎裡了。真的好幸福喔！她一定很難想像我家的狀況，沒關係，她只要了解就可以了。

爸媽的孤獨

睡夢中被爸爸急促的敲門聲驚醒。媽媽的羊水已經破了，得趕緊送醫院。

爸爸扶著媽媽走到樓下，冷風迎面襲來，今年的第一波寒流今天凌晨降臨，媽媽正好趕上。我跟在他們身後下樓，全身一直發抖，不知道是害怕還是天氣真的很冷。

除了媽媽之外，待產室裡還有三個待產的孕婦，媽媽的床頭擺著一個機器，不停的吐出報表紙，護士說那是疼痛指數的線圖，記錄著媽媽疼痛的狀況，當曲線衝出一百的格數時，就是媽媽痛到極限的時候。

早上八點半，外婆、阿嬤、姑姑和阿姨都來了。

當疼痛指數衝出一百格數線的時候，我的呼吸就會自動停止幾秒鐘，媽媽的叫聲讓我也覺得好痛。媽媽一臉痛苦的要她們統統離開產房，她們在這裡讓她不知道怎麼面對這痛，叫也不是，不叫也不是。外婆、阿嬤、姑姑和阿姨們只好到外面去等。

隔壁床的產婦也痛得哇哇大叫，嚷著要開刀，不要自然生產了。這種淒厲的叫聲，讓我害怕得全身顫抖。我有一種待在冰天雪地又迷路正等待救援的錯覺，迫切的想逃離這個恐怖的地方，但是我又不能丟下媽媽。

媽媽一直陣痛到隔天早上十點才生下妹妹。

是妹妹。

真的是妹妹，我的心沉了一下。

妹妹很快就被送進育嬰室，爸爸、外婆、阿嬤、姑姑、阿姨和我，一窩蜂的追著變成蜜糖的小嬰兒，想看看我們家的新成員長什麼模樣。我聽背後傳來護士的聲音：「家屬、家屬，楊秀蕙的家屬在哪裡？」我趕忙煞車回頭，看見虛弱的媽媽躺在病床上被推出來，孤零零的在那裡等著家屬推到恢復室觀察，我滿心抱歉的跑到媽媽身邊，遵照護士的指示推到恢復室。

「妳知道嗎？每次都這樣。」媽媽冷冷的說：「生亮家的時候是這樣，生妳的時候也是這樣。生完孩子，就沒人理我了，所有的人都去看寶寶，把我扔在這裡，而且過了很久才回來，好像我只是生產工具。」媽媽眼眶紅了，眼淚滾到耳朵旁。

我心疼的抱著媽媽：「對不起，媽，我在這裡，我在這裡。」我懊惱極了，剛剛真的不應該搶著去看妹妹的。媽媽就像一頭綿羊被剝掉了身上的羊毛後被推到一旁，一堆人開始檢視羊毛的品質，研究它應該是極品還是次級品。光禿禿的羊獨自站在草原上忍受寒風烈日，等待下一個毛色濃密的日子到來。

媽媽要我幫她按摩子宮，我在媽媽軟軟的肚皮上做環狀按摩，沒多久就感覺子宮像一顆堅硬的球體在掌心下滾動。媽媽說，按摩是在幫助子宮收縮，如果子宮收縮不良會造成產後大量出血。

「媽，是妹妹……」

我不知道該說些什麼話才能安慰媽媽。

「我早就知道是妹妹了。」

「媽……」

「有一次做產檢照超音波，醫生說是女孩。回來的時候爸爸問我，是不是男的，我說『嗯』，所以爸爸一直相信是男的。」

我的心又沉了一下，不知道接下來的日子媽媽要怎麼面對爸爸。

外婆、姑姑和阿姨回來了，我把媽媽交給她們，走到育嬰室，我也迫不及待的想要看看妹妹。爸爸還待在育嬰室的玻璃窗前，他將臉貼在玻璃窗上，那張臉看不出任何表情。十四年前，我剛出生的時候，他也是用這種表情看我的嗎？

育嬰室裡一共有八個小寶寶，只有兩個女嬰，其他六個居然全是男嬰。那個全身裹著粉紅色布巾睡得很熟的小寶寶就是妹妹，她的床尾牌子上寫著：楊秀蕙之女，3400g、身長52、頭圍34、胸圍35。最後一行寫著：我是個女孩。妹妹長得有點像媽媽，粉嫩的小臉蛋，不算濃密的頭髮，只是她的頭似乎太長了些，小嘴巴彷彿正在品嘗一塊糖般的蠕動著。

爸爸像一具雕像將額頭貼在玻璃上，動也不動，他可能連我站在他身邊都沒有發覺。我知道爸爸很傷心，我覺得好心疼，想過去抱抱他，給他安慰。但是，我們從來沒有那樣親近過，我是說這種握握手、親親抱抱的舉動，我們父女之間是從來沒有的。爸爸在育嬰室外的玻璃窗前駐足了五分鐘便離開了，他沒有回病房看媽媽，直接走下樓梯。八樓，他準備從八樓走到一樓嗎？

他雙手插進褲口袋裡，孤獨的背影看起來像是剛剛被法院宣判破產。我看看爸爸，再想想妹妹，忽然想躲到角落好好的痛哭一場。

看著爸爸離去的背影，我忽然覺得自己真的有點可笑，這十四年，是多麼用力的活著，每一件事我都在乎爸爸的看法，希望得到他的肯定與認同，但是，結果總是失望的。這一剎那，我終於明白了，我看著妹妹，她並不是在大家的期待下誕生的，但是，她既然已經被生下來，就是一個獨立的人格，她無須為爸爸而活。爸爸傷心是爸爸個人的事，妹妹不必承擔爸爸因為希望落空而帶來的挫敗，那一點也不關妹妹的事。

我為什麼總是太在乎爸爸的感覺，期待他能多愛我一點？我做得再好也不能取代那個想像中的兒子在爸爸心中的地位。我要做我自己，也要告訴妹妹無論如何要做自己。

忽然想起幾天前一個女童被虐待身亡的新聞，嫌犯是女童的母親，對於孩子的死她一點悲傷的表情都沒有，還理直氣壯的說：「這女孩子出生就是個麻煩，她爺爺一天到晚嫌棄我生了一個賠錢貨，都是她害我和我公公處不好。」另一則新聞是一宗遺棄女嬰案，代理孕母生下女嬰後落跑，女嬰的親生父母因為生下的是女嬰，也不願出面認領。可憐的女嬰一生下來，就沒有爸爸媽媽。但是，我的妹妹有我。

妹妹身旁那個小男嬰不知道是哪裡不舒服，開始癟起小嘴，一張臉漲得紅通通，開始哇哇大哭起來，這一哭造成連鎖反應，睡得好端端的妹妹也被吵醒，開始哭了起來，其他幾個小寶寶也哭成一團。年輕的護士開始逐一安撫、餵奶。

妹妹，我是姊姊，在這裡陪著妳，妳不要哭，要乖乖的，我會像媽媽愛妳那樣愛妳，會比愛弟弟的方式更愛妳一百倍，我要當妳的馬特爸爸。等妳再長大一點，我會告訴妳關於馬特爸爸的故事。妹妹，當女生也許沒那麼不好，因為我們要做那種最ㄅㄧㄤˋ的女生。什麼是最ㄅㄧㄤˋ的女生呢？就是那種為自己而活，堅持做自己的女生，也就是妳長大以後，發現爸爸並沒有那麼喜歡妳，妳也不要太在意，要喜歡自己、要快樂，我們就是要當這種女生。知道嗎？

這些話妳記不住也沒關係，等妳再長大一點，我會一遍又一遍的告訴妳，現在只要專心長大就可以了。乖乖，不要哭。妹妹，妳一定要記住喔！媽媽愛妳，兩個姊姊也愛妳，所以妳長大以後，一定也要愛自己。

眼淚輕巧的滑過臉頰，我擦掉它，走到窗邊，讓冷風帶走還滯留在我臉上的僵冷表情。十一月的風已經帶刺了，看來，今年將有個寒冷的冬！

走回病房看媽媽，媽媽臉上除了倦容沒有其他表情。

「媽，妳還痛嗎？」我撥撥她的頭髮。「妹妹長得很可愛，像妳一樣漂亮。」

「爸爸呢？」

「不知道，沒看到。可能去買東西吧！」我想到爸爸下樓的背影，猜他一輩子都不會回來了。

幾個姑姑沒有多說什麼，只說了一些要媽媽好好養身子的話。隔壁的那個孕婦也是生女兒，但是每個人的臉上都掛著笑容，那個爸爸尤其樂得見人就說謝謝。他看起來有點像馬特爸爸。

今天，我看見了爸爸和媽媽的孤獨。也許媽媽已經孤獨很久了，而我今天才看見。現在回想起來，我覺得媽媽的生活真是糟糕透了，沒有鼓勵、讚美、認同，只有不理睬，就連女兒也否定她。我以前常常覺得媽媽真是太溫吞、太沒有個性了，心裡的事一件也不願意對她說。

姊姊和外婆一起到媽媽的病房，外婆提了一鍋麻油雞。姊姊盛了一碗，扶媽媽坐起來吃。姊姊問也沒問妹妹的事，倒是外婆，一直問妹妹長得像誰。妹妹到底像誰有那麼重要嗎？我長得像爸爸，他也沒有多疼我一點。就算妹妹長得像豬八戒，也會是我的心肝寶貝。我發誓，一定要給妹妹全世界最豐足的愛。

爸爸一直到晚飯過後才來，待了半小時就走了。

十四歲這一年

再見！我的14歲！

很多事情彷彿都發生在忽然，例如已經快到學校了，才忽然想起今天要交的作業沒有帶；走在路上，忽然被騎單車的莽撞鬼撞了一下。今天早上，我忽然看見野薑花開了一個小花苞，這種感覺真是太幸福了。生命真是充滿了驚喜。

我把野薑花剪下，插在花瓶裡送給媽媽，媽媽把它擺在梳妝台上，偶爾抱著妹妹湊近野薑花瓣深深一聞。「嗯，好香喔！小君姊姊親手種的喲！」

媽媽還在坐月子，阿嬤準備在家裡住一個月，煮麻油雞給媽媽吃。妹妹出生後，家裡的氣氛變得很不一樣，爸爸變得比以前沉默，而且常常很晚才回來。

「這是什麼時代了，誰說一定要生查埔囝仔。不知道他為什麼要給自己這麼大的壓力。」阿嬤也不了解自己的兒子呢！

我抱著妹妹，她的小手握著我的食指，小眼睛好奇的看著我，嘴巴有時蠕動，有時又嘟起來，一副有話要說的樣子。妹妹身上有一股很好聞的奶香味，我愛死這個味道了。媽媽說我是個好幫手，還說這時候生孩子真是生對了，妹妹有三個媽媽呢！

妹妹取名為亮亮，我們大家一起取的。我覺得張亮亮叫起來很響亮，也很好聽，雖然有一種太亮了的感覺，但是等亮亮再長大一點，我會教她怎麼調整這個亮度，讓它亮得剛剛好，既不會刺眼又能帶來溫暖。

今年最後一個禮拜天的上午，我在四樓遇見插畫家，她的頭髮已經完全恢復以前的模樣。我告訴她：「我有一個妹妹了。」

「是妹妹啊！我那天聞到好香的麻油雞，就猜妳媽可能生了。恭喜妳升格當姊姊了。」插畫家說。

我們之間一直很客氣，說話也很簡潔。我一直沒有真的進到她家去喝茶，彼此維持著敦親睦鄰應有的禮貌，她一輩子都不會知道我曾經偷偷喜歡她。我對她那一點點的幻想，從妹妹出生後就消失了。可能是我對妹妹的愛太強烈，拉走了我對她的那一點點喜歡。

十四歲這一年發生了許多事，阿姊自殺死了、媽媽終於生了妹妹、我對插畫家的單戀結束，和鍋爐那種奇妙的感覺還在繼續。我不管爸爸同不同意，我都決定要去念農校，孟儒說她以高雄女中為第一志願，然後一路讀到大學、碩士、博士，做一個只會讀書的白癡。亮家終於擺脫阿威糾纏著討債的事件，努力用功準備大學甄試，她想要學視覺設計，以彌補她高中無法讀美術設計的遺憾。

今年的最後一天剛好碰到禮拜天，鍋爐說要請我吃飯，慶祝十四歲的結束，他還支支吾吾的要我千萬不要找孟儒一起來，因為他的錢只夠請我一個人吃飯。我答應了。鍋爐不是那種帥帥的男生，他臉的輪廓很有線條感，可能是因為有點瘦的緣故，眉毛很粗，而且還有個很ㄙㄨㄥˇ的名字——郭盧發。但是，我覺得他很像農夫的兒子，善良、勤快，像陽台那棵有點耿直的小木瓜樹。鍋爐的功課也還不錯，不是太笨的一個男生就是了。我心裡有點明白這是一個約會，但是，我故意裝成只是和同學吃一頓飯。我站在衣櫥前，考慮著要穿什麼衣服的時候，亮家一眼就看穿我的心事：

「要約會的話，我可以借妳一件裙子，妳穿起來一定很好看。」亮家打開她的衣櫥，拿出一件暗紅色點綴著藍色玫瑰花的吊帶長裙。「妳裡面可以穿一件白襯衫，試試看，這樣搭配會很好看的。」

「可是，我不喜歡穿裙子。」我還是接過長裙。

「這是妳第一次約會耶！」亮家叫了起來。

「我說過，這不是約會……」我紅著臉辯解。

「當一個人站在衣櫥前猶豫不決二十分鐘以上，這個人就是準備要去約會了，妳以為騙得過我啊！」亮家說。「長裙我是忍痛借妳的喔！可千萬不要在上面滴到醬油還是沙拉醬什麼的，否則我要妳賠。」

我把長裙穿起來，在鏡子前面左看右看一番，覺得還不難看，但是，從來沒穿得這麼正式，感覺很怪。想換掉它，卻又沒有什麼衣服可穿，只好硬著頭皮穿出門了。

鍋爐穿著一件鐵灰色的長褲，搭配一件格子襯衫，那件襯衫好像買來還沒下過水，包裝的折痕清晰可見。我們坐二〇五路公車，在大立百貨那站下車，鍋爐說百貨公司後面巷子有一家西餐廳，他和家人來吃過，覺得還不錯。

我們走到斑馬線時，正好是綠燈，我拔腿就從斑馬線上跑起來，跑到中途黃燈就亮了，於是我以跑百米的速度衝過馬路、站定，看見鍋爐還站在馬路那頭等綠燈。怎麼回事？他怎麼沒有跟上來？我們隔著馬路遙遙相望。

綠燈亮了，鍋爐慢條斯理的走過來，他笑著說：「妳都這樣過馬路的嗎？」

「是啊！我有過馬路瘋狂症，常常覺得如果再慢一點，等黃燈亮了，我就會被急性子的駕駛輾斃在斑馬線上。」我認真的說。

鍋爐再度笑了起來：「妳剛剛拚命跑的樣子很不像女孩子耶！穿裙子還這樣跑，很好笑耶！」

真是太過分了！我漲紅著臉。最討厭別人說這種像不像女孩子之類的話，我想著要說什麼話教訓眼前這個爸爸的縮影，鍋爐卻接著說：「我看妳以後還是穿長褲好了，穿這樣很不像妳耶！」

鍋爐說，他今天穿的褲子和衣服都是兩天前吵著要媽媽帶他去買的。我也笑了，告訴鍋爐，自己其實也不喜歡穿裙子，裙子是姊姊的，剛剛過馬路的時候，完全忘了穿著裙子呢！我們兩個傻蛋就坐在大立百貨的騎樓下笑得東倒西歪。

妳小時候一定被姓方的男生掀過裙子。

你胡說，才沒有。

那妳為什麼會對方文孝說的那句「穿裙子的」發那麼大的脾氣？

你真的想知道？

真的想知道。

好吧！看在同學的份上就告訴你好了。

快點，我洗耳恭聽。

「穿裙子的」原來是一句咒語。有個護士其實是女巫變的，我出生還不到兩個小時，眼睛都尚未張開來，她就在我的耳朵邊說了一句：「嘿，穿裙子的！」聽到這句話後我就睜開了眼睛，從此也被施下咒語。日後，當我聽到「穿裙子的」這句話時，就會抓狂、發怒。一直到十五歲為止，咒語便會自動解除。

哈哈哈，笑死人了，簡直是胡說八道。

信不信由你。

明天妳就十五歲了。

是啊，明天我就十五歲了。

國家圖書館出版品預行編目資料

喂，穿裙子的！／張友漁作；朵兒普拉司繪. -
二版. - 台北市：幼獅, 2013.08
面； 公分. --（小說館；5）

ISBN 978-957-574-921-7（平裝）

859.6 102013737

・小說館 005・

喂，穿裙子的！

作　　者＝張友漁
繪　　圖＝朵兒普拉司
出 版 者＝幼獅文化事業股份有限公司
發 行 人＝葛永光
總 經 理＝王華金
總 編 輯＝林碧琪
主　　編＝沈怡汝
編　　輯＝白宜平
總 公 司＝10045台北市重慶南路1段66-1號3樓
電　　話＝(02)2311-2832
傳　　真＝(02)2311-5368
郵政劃撥＝00033368

印　刷＝崇寶彩藝印刷股份有限公司
定　價＝250元
港　幣＝83元
二　版＝2013.08
七　刷＝2023.05
書　號＝984168

幼獅樂讀網
http://www.youth.com.tw
幼獅購物網
http://shopping.youth.com.tw/
e-mail:customer@youth.com.tw

行政院新聞局核准登記證局版台業字第0143號

幼獅文化公司／讀者服務卡／

感謝您購買幼獅公司出版的好書！
為提升服務品質與出版更優質的圖書，敬請撥冗填寫後（免貼郵票）擲寄本公司，或傳真（傳真電話02-23115368），我們將參考您的意見、分享您的觀點，出版更多的好書。並不定期提供您相關書訊、活動、特惠專案等。謝謝！

基本資料

姓名：……………………先生／小姐

婚姻狀況：□已婚 □未婚　職業：□學生 □公教 □上班族 □家管 □其他

出生：民國……………年……………月……………日

電話：（公）……………（宅）……………（手機）……………

e-mail：……………………

聯絡地址：……………………

1.您所購買的書名：**喂，穿裙子的！**

2.您通常以何種方式購書?：□1.書店買書 □2.網路購書 □3.傳真訂購 □4.郵局劃撥
（可複選）□5.幼獅門市 □6.團體訂購 □7.其他

3.您是否曾買過幼獅其他出版品：□是，□1.圖書 □2.幼獅文藝 □3.幼獅少年
□否

4.您從何處得知本書訊息：□1.師長介紹 □2.朋友介紹 □3.幼獅少年雜誌
（可複選）□4.幼獅文藝雜誌 □5.報章雜誌書評介紹……………報
□6.DM傳單、海報 □7.書店 □8.廣播(　　　　)
□9.電子報、edm □10.其他……………

5.您喜歡本書的原因：□1.作者 □2.書名 □3.內容 □4.封面設計 □5.其他

6.您不喜歡本書的原因：□1.作者 □2.書名 □3.內容 □4.封面設計 □5.其他

7.您希望得知的出版訊息：□1.青少年讀物 □2.兒童讀物 □3.親子叢書
□4.教師充電系列 □5.其他

8.您覺得本書的價格：□1.偏高 □2.合理 □3.偏低

9.讀完本書後您覺得：□1.很有收穫 □2.有收穫 □3.收穫不多 □4.沒收穫

10.敬請推薦親友，共同加入我們的閱讀計畫，我們將適時寄送相關書訊，以豐富書香與心靈的空間：

(1)姓名……………e-mail……………電話……………
(2)姓名……………e-mail……………電話……………
(3)姓名……………e-mail……………電話……………

11.您對本書或本公司的建議：

廣	告	回	信

台北郵局登記證

台北廣字第942號

請直接投郵　免貼郵票

10045　台北市重慶南路一段66-1號3樓

幼獅文化事業股份有限公司

請沿虛線對折寄回

客服專線：02-23112832分機208　　傳真：02-23115368

e-mail：customer@youth.com.tw

幼獅樂讀網http：//www.youth.com.tw

幼獅購物網http://shopping.youth.com.tw